Telma Guimarães Castro Andrade

Redações perigosas II, a fome

ENTRE LINHAS MISTÉRIO

Ilustrações: Marilia Pirillo

12ª edição reformulada

Conforme a nova ortografia

Atual Editora

Série Entre Linhas

Edição reformulada
Gerente • Rogério Carlos Gastaldo de Oliveira
Editora-assistente • Solange Mingorance
Auxiliares de serviços editoriais • Flávia Zambon e Amanda Lassak
Coordenação e produção editorial • Todotipo Editorial
Assistente editorial • Isadora Prospero
Preparação de texto • Ana Carolina Rodrigues Pancera
Revisão • Bárbara Prince e Isadora Prospero
Projeto gráfico (miolo e capa) • Homem de Melo & Troia Design
Suplemento de leitura e projeto de trabalho interdisciplinar • Silvia Oberg
Diagramação • Alicia Sei
Produtor gráfico • Rogério Strelciuc
Impressão e acabamento • Edições Loyola

Dados Internacionais de Catalogação na Publicação (CIP)
(Câmara Brasileira do Livro, SP, Brasil)

Andrade, Telma Guimarães Castro
Redações perigosas II, a fome / Telma Guimarães Castro Andrade ; [ilustrações Marilia Pirillo]. – São Paulo : Atual, 2012. – (Entre Linhas : Mistério)

ISBN 978-85-357-1407-4

1. Ficção – Literatura juvenil I. Pirillo, Marilia. II. Título. III. Série.

12-11227 CDD-028.5

Índices para catálogo sistemático:

1. Ficção : Literatura infantojuvenil 028.5
2. Ficção : Literatura juvenil 028.5

2ª tiragem, 2020

SARAIVA Educação S.A.
Avenida das Nações Unidas, 7.221 – Pinheiros
CEP 05425-902 – São Paulo – SP
www.editorasaraiva.com.br
Tel.: (0xx11) 4003-3061
atendimento@aticascipione.com.br

CL: 810601
CAE: 576143

Sumário

Prefácio 9

Na tevê 11

Entra, moça! 15

Novidade à vista 21

Flores 24

Escola nova, vida nova 27

Leitora crítica 33

Dados, estatísticas e afins 38

Fome de todo tipo 44

Ficção ou realidade? 75

CPI em casa 78

Professora-detetive 82

Namoro com o inimigo 90

No *flat* 93

Desenrolando a confusão 100

A Autora 107

Entrevista 109

Para meus pais, Fábio Villaça Guimarães
e Diva Pavarini Guimarães, que
me ensinaram desde criança a repartir o pão.

"Ensina à criança o caminho
em que deve andar,
e ainda quando for velho
não se desviará dele."

Provérbios 22,6

Prefácio

Pra dizer o não dito

Quando meu filho mais velho, Cleso, começou a fazer um trabalho sobre a fome, eu já estava escrevendo a 1ª edição deste livro. No entanto, não tinha ainda o "gancho" para o concurso que entraria no decorrer da história.

Comecei a ler, então, tudo o que encontrava sobre o tema "fome". Não era para auxiliá-lo em seu trabalho, mas por pura curiosidade mesmo. A palavra "fome" havia mexido comigo, saltava em vermelho bem à minha frente.

Fiquei assustada. A cada texto, a cada livro que eu lia, sentia um gosto amargo na boca.

O então editor da Atual havia sugerido a continuação do Redações perigosas, hoje na coleção Entre Linhas. Sugeri que a fome fosse a temática do novo livro. Sugestão aceita, fiquei superanimada.

Juntei muitos dados, gráficos... fui redescobrindo coisas sobre o meu país. Durante muitos anos, a fome foi um assunto pouco discutido no Brasil. Lógico que sempre existiu fome neste país, só que quase não se falava sobre ela.

Com minhas pesquisas, acabei sabendo mais sobre reforma agrária, dívida externa, multinacionais, transnacionais, subnutrição, crianças e adolescentes de rua, renda per capita, entre tantas outras coisas. Coloquei em dia o que para mim andava meio esquecido em alguma gavetinha da memória. Conversamos sobre o tema "fome" aqui em casa. Eu, meu marido, meus filhos e seus amigos. Quis saber o que cada um pensava, sabia, tinha lido.

Felizmente, desde a primeira década do século XXI, o governo brasileiro vem dando um pouco mais de atenção às milhares de famílias que passam pela penúria da fome. Mas ainda há muitos desafios a serem vencidos. O assunto ainda incomoda.

Acho que continuar o Redações perigosas com um tema tão perturbador quanto a fome é uma forma de não silenciar e talvez (tomara!) fazer com que os leitores reflitam, discutam e não se calem.

Na tevê

Fiquei com vontade de pegar toda aquela papelada do armário – provas, exercícios extras, trabalhos individuais e em grupo –, juntar com a minha papelada mais que inútil e levar ao alto de um desses prédios da avenida Paulista, onde ficam os bancos, os investidores da bolsa de valores e as financeiras, picar tudo e jogar pelas janelas no dia 31 de dezembro. Seria o máximo!

Puxa! Plena festa de despedida de ano, tomando aquele guaraná quente e comendo um bolo de fubá numa confraternização de professores, e eu ali pensando bobagem. Depois da festa iria pra casa, descansaria e pronto. Talvez nem esperasse o Natal pra ir à casa dos meus pais. Ainda resolveria esse assunto.

Depois de muito abraço e “até o ano que vem, se Deus quiser” (e se tiver vaga), fui pra casa.

Tudo de novo. Cozinhar, limpar, lavar, arrumar. A vida haveria de ser diferente em algumas ocasiões... Talvez preparar a comida, tirar a sujeira acumulada, deixar a roupa com aspecto limpo, organizar os lençóis...

Holerite havia sumido de novo... Esse gato dividido era realmente um problema. Tive vontade, por várias e consecutivas vezes, de dizer: "O Carlos ou eu!", mas desisti, porque, do fundo do meu coração, queria os dois gatos só pra mim.

Campainha. Era sempre assim. Ela sempre tocava quando eu estava em trajes, digamos, de quem vai "tirar muita sujeira acumulada".

– Oi!

Não! O Carlos aqui, em plena sexta-feira à tarde! Mas ele tinha aula na faculdade!

– Não tive aula na faculdade, Rose... Tivemos uma comemoração de fim de ano... E você? Como foi a sua? – ele perguntou, logo se estatelando no meu sofá de dois lugares e meio.

– O de sempre. Refrigerante quente, um bolinho, um papo e só. Desânimo de fim de ano, sabe como é que é... A gratificação de Natal que o governador prometeu voltou a atrasar e o restante do décimo terceiro só vai chegar na véspera do Natal.

– Bem, eu tive mais sorte. – Ele piscou. – A faculdade deu um aumento... Parece que vou até dar mais aulas no ano que vem!... E, além do mais, estou fazendo um...

Detestava interrupções.

Ouvi um miado. Eu sabia que Holerite devia estar com o Carlos. Era ele quem ocupava agora o meio lugar do meu sofá.

Carlos deu risada.

– Vem cá, Rose... – E me puxou para o segundo lugar.

Holerite havia, de uns tempos pra cá, apresentado umas esparsas (mas sérias) crises de ciúme. Assim que me acomodei no peito do Carlos, o gato esticou o rabo, eriçou o pelo e me arranhou.

– Sai daqui, Holerite! Falta de educação. Olha o que você fez comigo! – Apontei o braço.

Holerite pareceu entender e pulou do sofá de dois lugares e meio pra poltrona.

– Rose, tem um recado da Tevê Povo na minha secretária eletrônica. Eles deixaram o telefone e pediram pra você entrar em contato. O que será que eles querem? Você ficou importante, não?

Puxa, levei o maior susto! O que será que a tevê queria?

Por via das dúvidas, resolvi colocar uma roupa mais decente e ir até o apartamento do Carlos pra conferir... Por "decente", você pode entender "um moletom até a canela".

Telefonei pra lá enquanto o Carlos ficava andando em volta de mim.

– É a professora Rosemeire, aquela das *Redações perigosas*?

Nossa, levei o maior susto. Eles já tinham até dado um título para o meu "caso".

– Sim, é ela. Como vocês descobriram esse telefone?

– Ah, isso é segredinho de jornalista... – disse a pessoa de nome Maria Helena, que se apresentou como produtora do canal.

– Pois não – continuei.

– Gostaríamos de convidá-la para participar de um programa.

– Que tipo de programa? – engasguei, enquanto aceitava (e como!) o copo de suco de laranja que o Carlos trazia.

– Um programa de entrevistas. É o *Léo, Onze em Ponto*.

Ah, não! Nem por um decreto do governador, que já me pagava um salário de fome, eu deixaria de passar o Natal em casa.

– É que eu estou de partida pra Portimerama do Oeste...

– Não seria para agora, professora Rosemeire. O programa entra em férias a partir de sexta-feira e aí só retomamos as gravações a partir do dia 26 de janeiro. A pedido do Léo, a senhora seria a primeira entrevistada do ano que vem.

– Nesse caso, acho que tudo bem – aceitei, engolindo o suco.

– A senhora poderia me passar seu telefone de... Como se chama mesmo sua cidade?

Horrorizada com a falta de conhecimentos geográficos da produtora, ditei, um pouco a contragosto, o endereço, o DDD e o telefone da casa dos meus pais, que fica no oeste do Estado de São Paulo.

Assim que desliguei, contei ao Carlos que o pessoal do *Léo, Onze em Ponto* estava atrás de mim pra uma entrevista. Ele brincou, dizendo que eu estava famosa e que podia aproveitar o "gancho das redações" e descer a lenha no sistema educacional. Ri, e disse que ia contar ao Léo como é que eu sobrevivia com esse salário malcriado.

O Carlos achou que essa era a minha "grande chance". Não encarei bem assim, não. Chance pra quê? Do que iria falar? Bom, se isso contribuísse para que as pessoas prestassem mais atenção aos problemas que nos cercam, eu iria.

– Você vai ficar famosa a partir de quando mesmo? – Ele me puxou pela cintura.

Fiquei mais preocupada com o "puxando pela cintura" do que com o programa. O programa, ah, o programa... Esse eu veria depois!

– Rose, Rose... Hum, esse seu perfume é bom demais!

Ainda bem que o meu namorado não era exigente... Ou estava realmente resfriado, ou não era chegado a perfumes franceses. É lógico que eu gosto de perfumes finos... Mas de que jeito os compraria? Estava única e simplesmente cheirando a xampu feito em casa e a sabonete de bebê. Alto nível para uma professora em caráter temporário.

Se o meu "gato" gostasse, eu passaria as férias numa banheira com espuma de sabonete de bebê e com xampu caseiro nos cabelos.

– Você gosta? – perguntei, ronronando feito o Holerite em fim de tarde.

– Hum-hum... – ele confirmou.

Difícil me despedir dele... Mas consegui. Dei um último beijo no Carlos e no Holerite (combinamos que o gato ficaria comigo na volta). Cheguei em casa, preparei um frango grelhado, um arroz e uma salada, comi até limpar o prato e comecei a arrumar a minha mala tipo papelão sem alça em dia de chuva.

Entra, moça!

Não parecia que as minhas férias já estavam chegando ao fim e que eu, Rosemeire, professora III de História, admitida em caráter temporário, voltava para São Paulo para uma nova atribuição de aulas.

Por várias vezes enxuguei as lágrimas. Mamãe é realmente muito apegada a mim, assim como papai. Pra falar a verdade, eu é que sou apegada a eles.

A cada volta eu ficava mais decidida de que meu lugar era mesmo em São Paulo, bem anônima. Muito chato essa coisa de estar de férias na sua cidade, sair às ruas e encontrar pessoas que fazem sempre a mesma pergunta:

– Casou? Não? Que pena!

Me senti feliz, tão solteira, num ônibus qualquer. Pelo menos ali não tinha ninguém pra me mandar fazer isso ou aquilo.

Enquanto estava no ônibus, lembrei da produtora do *Léo, Onze em Ponto* que ligara pra minha casa, para confirmar a data. Tínhamos combinado a entrevista para o dia 26, sexta-feira. Estava crente que seria uma gravação, mas me enganara. A "coisa" era ao vivo mesmo. Maria Helena pediu que eu chegasse às 19h30. Achei que era muito tempo antes, mas ela explicou que gostava de "passar a pauta" antes do programa e que costumava passar um pó nos entrevistados. Pó? Pó compacto pra tirar o brilho da pele, acredita?

Tinha confirmado. Quem sabe assim alguma escola particular se interessasse por uma professora estadual completamente desempregada.

Agora era ir pra casa, dar um jeito na vida e respirar fundo... Afinal, amanhã era o dia de *Léo, Onze em Ponto*, às 21h30.

Entrei em casa e comecei a chatice: guardar, arrumar, ir ao supermercado pra comprar algo que me fizesse sobreviver. Adivinha quem encontrei? Holerite, lógico! Gato safado! Estava ficando rueiro.

Quando voltei da rua é que vi um bilhete meio escondido pelo capacho:

Rose, deixei o Holerite solto porque
precisei ir pra Salvador. Imaginei que
você voltasse hoje... Estou certo?
Saudades de você.
Carlos.

Salvador. Droga! E eu morta de saudade!

Resolvi ligar pra Meire pra saber da atribuição. Tinha de garantir o meu primeiro semestre. O outro, deixava pra depois.

Meire contou que a atribuição dos efetivos seria antes da nossa. A dos temporários seria no dia dois.

Perguntei se sabia de aulas lá na "nossa escola" mesmo. Tudo o que eu ouvi foi um "parece que tem uma licença-prêmio, agora em fevereiro".

São Paulo tinha tantas escolas! E eu que tinha enviado tantos currículos para escolas particulares uns meses atrás! É, mas eu tinha gostado dessa. Mania de criar raízes. Dei comida para o Holerite, tomei um banho e depois comecei a guardar minhas roupas.

Fiquei assistindo à televisão até tarde, comendo pipoca dessas prontas, de saquinho. Não sujaria uma panela pra estourar pipoca nem por decreto do governador! Acabei pegando no sono com o Holerite ali na cama, do meu lado.

Acordei tarde. Nossa, já passava das duas da tarde! Isso nunca tinha me acontecido! A entrevista! Tinha tanta coisa pra fazer!

Depois de adiantar alguns expedientes domésticos, teria de tomar um chuveiro, lavar a cabeça, secar o cabelo, passar a roupa amassada pela mala "sem alça em dia de chuva".

Me decidi por um lanche rápido antes de tudo, e parti pra operação *Léo, Onze em Ponto,* que já estava ficando "daqui a pouco, de ônibus mesmo". Não dava pra pegar um táxi nem num dia de entrevista.

Dei uma olhada no espelho: é incrível o que um batom e um lápis nos olhos podem fazer por uma mulher!

Me enrolei numa toalha de banho e corri pra ligar o ferro. Enquanto passava minha roupa, Holerite ficava ali, espiando. Será que ele estava pensando que iria comigo? Esse Holerite era uma peste!

Sete horas. Dei uma conferida na bolsa, peguei o batom e corri pro elevador.

Quase tive um enfarte quando vi, parado na porta do prédio, um carro da tevê.

Já ia saindo rapidinho... Tamanha coincidência... Quando o zelador apontou pra mim:

– Seu motorista, a *Redações perigosas* é aquela lá, ó!...

Perigosa, eu? Esse seu José Carlos tinha cada uma!

O motorista me pegou pelo braço e disse:

– Entra, moça. A produção me escalou pra vir buscar a senhora. Nessa hora é duro arrumar táxi.

Eu não acreditei. Eu, Rosemeire, "A Perigosa", indo de carro para um estúdio de tevê. Bem, pra quem ia amassar a roupa num ônibus e num metrô, eu estava é com sorte.

Fomos papeando até lá. Assim que descemos, o motorista me acompanhou até a porta do estúdio do programa do Léo.

Me despedi dele, respirei fundo e entrei.

Assim que coloquei o pé lá dentro, já com a plaqueta de identificação, a Maria Helena se apresentou. Me levou para uma saleta e me ofereceu um café, me deixando bem à vontade. Enquanto a maquiadora passava um pó no meu rosto, a Maria Helena ia falando:

– Olha, algumas perguntas são inventadas na hora. Por mais que a gente fale no "ponto", o Léo muda o ritmo das coisas... Ele adora improvisar! Ele vai perguntar onde você nasceu, sua idade, sua formação, e depois, sobre o *Redações perigosas*.

A campainha tocou. Estava na hora. Eu teria de entrar no pequeno auditório. Primeiro ela me acomodaria na plateia, onde ficariam também os outros entrevistados. Como eu seria a primeira, assim que ele me chamasse, eu subiria ao palco.

Respirei fundo.

Fui.

Sentei-me na plateia, ainda me sentindo muito esquisita.

Nem me lembro do que o Léo falou antes, de tão nervosa que estava. Só sei que, quando ele falou o meu nome, gelei e subi.

– Então é você a "Perigosa"?

Risos. Ele fez algumas perguntas sobre Portimerama do Oeste e minha juventude. Depois, perguntou:

– Como é que ficou a sua vida depois dos acontecimentos do "Caso Valdo"?

– Olha, Léo, não aconteceu nada. É claro, os professores que acompanharam tudo me deram a maior força, alguns alunos vieram falar comigo, alguns pais também... Mas no resto, sou a Rosemeire de sempre...

– Vai continuar dando aulas?

– Se eu conseguir pegar...

– Quer dizer que depois de todo aquele "barraco armado", bancando a detetive, sendo perseguida, você está desempregada? Puxa, que país é esse mesmo? Quem sabe o traficante até tenha fugido e arrumado um emprego, enquanto você...

Risos nervosos da plateia.

– Você não tem lugar garantido em escola nenhuma?

– Não. – Eu ri. – Sou ACT: admitida em caráter temporário – expliquei.

– Tem namorado efetivo ou temporário? – ele brincou.

Dei risada.

– Bom, essa risadinha aí quer dizer que tem alguém... Pelo menos não é perigoso?

– Não, acho que não...

E a conversa foi rolando. Ele acabou me "pegando de jeito" com o salário quando quis saber quanto ganhava uma professora estadual. Parece que acabei fazendo discurso porque, quando terminei, fui aplaudida de pé.

Assim que retomamos a entrevista, ele perguntou se eu iria começar o ano letivo com outras *Redações.*

Respondi que estava meio aflita por começar "em branco", já que não sabia nem onde iria dar aulas. Fiquei super sem graça quando ele olhou bem o câmera e disse:

– Estamos aqui com a professora Rosemeire, aquela das *Redações perigosas.* Se alguma escola estiver precisando de uma professora de História, entre em contato com a produção do programa.

Palmas.

Pronto. A minha parte, graças a Deus, já tinha ido. E tinha sido tudo tão simples! Do que eu tivera medo não sei, mas era mesmo uma tonta. Sentar-se numa poltrona, conversar, rir um pouco, olhar para uma câmera de tevê, passar pó no nariz, ter um dia diferente. Agora voltaria para meu apartamento e dormiria tranquila.

Ainda assisti à entrevista de um editor que falou depois de mim. Achei interessante o fato de a editora dele promover um concurso de redações sobre a fome entre alunos das escolas de São Paulo.

Não consegui voltar pra casa logo após o programa. Eu até já estava me encaminhando para fora do estúdio quando o próprio Léo me chamou:

– Vamos até o camarim. Tem alguém que quer conversar com você.

Era o editor da Jovem Editora que havia falado depois de mim. Ele se chamava Roberto. Na entrevista ele também tinha contado sobre o mercado editorial, que tipo de livro sua editora vendia mais, que polêmica um título às vezes pode causar, entre outras coisas.

Enquanto tomávamos um refrigerante, Roberto me deu um cartão da Jovem Editora dizendo que gostaria de conversar oportunamente comigo sobre o concurso de redações que eles iriam lançar. Passei pra ele o meu celular.

Na saída, encontrei o mesmo motorista me esperando.

Fui para o meu apartamento de carro, naquilo que considerei uma noite meio de Cinderela. Quando chegasse em casa, estaria de volta à condição de Borralheira.

Novidade à vista

Deitei e dormi. Sonhei que estava sendo perseguida por um homem e uma mulher... Apesar de estar fugindo deles, eu olhava para trás. Um deles gritava:

– Rosemeire, as redações!

Sonho mais maluco! Acordei transpirando muito. Levantei, fui até a cozinha, tomei um copo de leite e voltei pra cama.

Holerite já estava lá, todo folgadão, bem no meu travesseiro. Deitei de novo e segurei meu gato.

– Onde é que anda esse seu outro dono, Holerite? Fala! Uma gata comeu a sua língua?

– Miauuuuu...

O que eu podia esperar de um gato chamado Holerite? Nada.

Dormi de novo. Acordei com a campainha disparando.

– Tem esse bilhete aqui pra senhora, dona Rosemeire, deixaram na portaria – disse o porteiro.

Olhei a letra. Era do Carlos. Mal agradeci e fechei a porta, o celular tocou.

Papai ao telefone.

– Adoramos a entrevista, Rose!

– Obrigada, pai!

– Já arrumou aula?

– Ainda não, pai. Mal cheguei...

Conversamos mais um pouco e acabei desligando.

Tirei o bilhete do Carlos do bolso. Achei estranho. Tinha uma chave colada junto.

Levei um susto quando o Holerite miou e pulou em cima de mim.

Sentei no sofá.

> Rose, ainda fico fora por uns dias.
> Deixo a chave do apartamento para
> lhe pedir um favor: dá pra você
> molhar as violetas pra mim?
> O pacote de ração do Holerite
> está em cima da mesa da sala.
> Saudades. Um beijo grande,
> Carlos.

Que bom! Ficava em Salvador, largava o gato, o apartamento, as violetas... Bem, disse que tinha uns amigos por lá. Na verdade, tinha dito "amigas" e eu me aborrecera com isso.

Passei alguns dias remoendo a falta do Carlos. Acabei por colocar a correspondência em dia. Tinha recebido cartas de adolescentes querendo saber da minha vida, me contando seus problemas. Descobri, pelos endereços, que eram alunos lá da escola, mas que frequentavam outras classes que não as minhas.

Aproveitei também para atualizar meu currículo.

Depois de pensar e repensar, resolvi levá-lo até uma escola particular na Vila Mariana. Tinha ouvido falar muito bem dela. O problema é que eu não tinha um "Q.I.". Minha amiga Meire, lá da escola, tinha me explicado que "Q.I." era "quem indica".

Fui.

Fui muito bem recebida, mas praticamente arquivaram o meu currículo na lata dura. Saí de lá sem nenhuma esperança.

Puxa, dia dois de fevereiro e nada do Carlos. Nada de aulas também.

Holerite apareceu de tarde, miando muito. Como eu não tinha comida pra ele, resolvi ir até o apartamento do Carlos para pegar o pacote de ração que ficara em cima da mesa da sala.

Entrei. Silêncio. Tudo estava absolutamente fechado e escuro. A secretária eletrônica estava piscando. Tinha recados.

Não resisti; apertei a tecla.

– Carlos, tô com um problema. É a Marcinha. Dá pra você ligar aqui no meu serviço?

Holerite miou. Eu não quis ouvir o resto da conversa. Não estava gostando nem um pouco disso. Marcinha. Quem seria? Peguei o pacote de ração e saí de lá rapidinho.

Ao entrar na sala ouvi meu celular "gritando", sabe-se lá há quanto tempo. Enquanto eu ouvia a pessoa falar, fui entrando em estado de choque, para depois entrar em estado de graça. Queriam conversar comigo! E rápido! Ou eu estava ficando louca, ou ia realmente pegar aulas de substituição num colégio particular! E bem aquele da Vila Mariana onde eu tinha entregado meu currículo por último.

Marcamos a entrevista para às 15h, só que no dia seguinte. Eu e as licenças-maternidade!

Flores

Que pena serem outros quinhentos. As escolas estaduais podiam ser assim como essa. Funcionários uniformizados fazendo a limpeza, secretaria informatizada, professores com caras felizes, roupas boas. Estacionamento com carros mais modernos, alguns brilhando de tão novos. E flores nos jardins, flores nos canteiros, flores na sala da vice-diretora.

A vice-diretora, Regina, perguntou da minha disponibilidade, dos meus cursos e atividades extracurriculares, enfim, só não perguntou o número do meu manequim. Explicou que seriam doze aulas por semana, no ensino médio A, B, C, D, E e F. Pediu que eu desse uma olhada no horário.

Puxa, se dei uma olhada no horário! Ele era fantástico! Segunda-feira a primeira aula no primeiro ano A, depois o D, E e C. Terça: primeiro B, F, C, E. Quarta: primeiro A, B, F, D. Quando ela me disse que a escola iria promover um concurso de redações, fiquei intrigada.

– Redações?

– É – ela confirmou. – A Jovem Editora vai promover um concurso de redações. A editora escolheu o tema "Fome" para o concurso. Achei muito oportuno porque estamos começando uma campanha contra a fome. Paralelamente ao concurso, vamos pedir aos alunos, pais e professores que tragam alimentos não perecíveis para a escola. Vamos acionar a Associação de Pais e Mestres, a APM, para a confecção de faixas e cartazes. Afora isso, os professores de Geografia e História vão trabalhar esse tema em todas as séries na primeira semana de aula... Você sabe, fome, miséria, abandono... O concurso e a campanha vão abranger toda a escola. As crianças menores, do ensino fundamental I, farão desenhos e cartazes.

– Hum-hum... – aprovei.

Era uma grande coincidência eu ter conhecido o editor que dera a ideia do concurso.

Depois de mais alguns detalhes, fomos conhecer a escola. Uma reunião pedagógica já estava acontecendo, e ela achou que seria melhor se eu ficasse.

Enquanto andávamos por aquela escola tão limpa, Regina ia falando, apontando, mostrando.

Quase caí dura quando vi a biblioteca. Simplesmente fantástica! Fui imediatamente apresentada aos bibliotecários, Rui e Alice, que se dispuseram a me atender no que fosse necessário.

Fiquei sem fala quando a Regina me disse quanto um professor ganha por aula. Nem que eu desse 44 aulas no Estado ganharia o que essa escola particular iria me pagar por doze aulas! Na sala dos professores, havia armários separados, tudo em ordem, magnífico. Nenhum professor ficava em pé, sem cadeira.

Fui apresentada aos professores de História e Geografia. Regina comunicou a eles que eu substituiria a professora Patrícia. Senti que um ou outro torceu o nariz. Talvez não gostassem de professores temporários.

Logo desfiz minha impressão de Olívia, Tarcísio, Sofia, Ernesto e Mônica. Acredite se quiser, em apenas dez minutos descobri que eles também vendiam "sobrevivência". Olívia me ofereceu queijo do sítio dela.

– Quando precisar é só pedir.

E Tarcísio tinha um apiário. Trazia mel pra muita gente da escola.

Depois de um bate-papo rápido, fui reconhecida pelo Ernesto:

– Assisti à sua entrevista no Léo. Puxa, achei legal mesmo!

Fiquei sem graça. Ainda bem que os outros estavam conversando.

Na reunião com os professores de História ficou decidido que começaríamos a trabalhar o tema "Fome" na primeira semana de aula. Os professores de Geografia, reunidos numa outra mesa, estavam começando a elaborar um programa sobre fome, miséria, reforma agrária e saneamento básico, pra discutirem em classe com os alunos.

Isso vinha de bandeja para o concurso da Jovem Editora. Os alunos ficariam muito mais soltos para escrever sobre um assunto que, além de ser tema de concurso, faria parte do currículo e de uma campanha de arrecadação de alimentos.

Conversamos sobre o livro adotado, sobre as provas, trabalhos, preenchimento correto de cadernetas, recuperação paralela. Recebi o calendário escolar. As aulas começariam no dia nove, segunda-feira.

Teria tempo então de dar uma olhada no livro e de, enfim, pensar no concurso.

Teria de pular miudinho, já que teríamos reuniões na quarta, na quinta e na sexta-feira para continuarmos o planejamento. Eram mais de 18h30 quando me despedi do pessoal, e fui pra casa com a cabeça cheia de coisas.

Nada do Carlos. O apartamento continuava fechado.

Holerite estava lá. Esse, sim, era fiel. Sumia de vez em quando, mas não falhava!

Me ajeitei com uma salada e um belo grelhado. De quebra, comi uma fruta e dei a ração ao Holerite.

Calor em São Paulo. Mais um banho, cabelo lavado e cama.

Escola nova, vida nova

Rosemeire, levanta cedo, menina!

Foi essa voz que ouvi na minha cabeça às 5h30 da manhã. Ainda bem. Teria tempo de me arrumar com calma, tomar um bom café da manhã, deixar a comida do Holerite e correr pro Colégio Gustavo Augusto.

Três dias puxadíssimos. Rascunhos, reuniões, cadernetas, diretor, professores do ensino fundamental II, assistente de diretor, coordenadores pedagógicos.

Achei o diretor uma pessoa especialmente calma. Abriu a reunião com os votos de boas-vindas, fez uma oração e pronto. Voltou pra sala dele na maior.

Os professores estavam bem interessados no concurso da Jovem Editora.

– Meu filho escreve bem! – disse um deles. – A professora de Português o elogiou. Quem sabe ele entra nessa!

Aí cada um foi falando do seu filho ou de um ou outro aluno que sabiam ter potencial para desenvolver um tema.

Regina tratou de explicar o concurso para todos os professores. Deveríamos pedir aos alunos que fizessem a redação na escola e que, em hipótese alguma, trouxessem o trabalho pronto de casa.

– Sabem como é, podem ter ajuda! Deixem os alunos bem à vontade. Na segunda-feira chegarão os cartazes do concurso com o regulamento. Aproveitaremos para começar a campanha também.

– Faremos alguma espécie de lista? – uma professora perguntou.

– Acho que a APM já está finalizando. Eles têm algumas sugestões pra que os alimentos não se repitam muito, por exemplo, só arroz, só sal. Assim que eu tiver o material em mãos, passo pra vocês.

Depois de alguns comentários, continuamos a reunião. Algumas das perguntas bobas de sempre, como preenchimento de caderneta e conduta em classe, me deixaram com sono. E sempre existem os professores que não prestam atenção no momento certo e repetem a mesma pergunta já feita por outro professor.

Outros quinhentos. Caderneta preenchida, mapa da escola, plantão de dúvidas para o primeiro bimestre, entre tantas outras coisas que eu, infelizmente, não veria tão cedo na escola estadual.

Sábado à tarde e eu, depois de não aguentar mais falar em planejamento, sentada em frente à tevê, pensando no Carlos. Tinha acabado de molhar as violetas no apartamento dele. Vazio. Dia sete, e ele não aparecia. Bem, as aulas na faculdade dele começariam pra valer só no dia dois de março. Mas e o planejamento? Tinha olhado a secretária eletrônica: oito chamadas. Paciência. Um dia ele chegaria.

Mal pude esperar pela segunda-feira.

Afinal, ela chegou... E eu, mais que cedinho, madrugada mesmo, saí da cama e fui à luta... de ônibus.

Entrei na classe. Primeiro ano A. Os alunos estavam tumultuadíssimos.

Coloquei meu material sobre a mesa e, enquanto eles se ajeitavam nos lugares, olhei a sala de aula. Lixo para papel, lixo para plástico. Giz? Nem pensar. A lousa era de laminado, acho, e, para escrever, canetas hidrográficas. Minhas mãos estavam salvas. Nada de rachaduras nos cantos dos dedos, unha lascando, aquele risco irritante do giz em contato com a lousa. Um bebedouro na própria sala de aula! Nossa! E eu estava no Brasil!

Os alunos não paravam de falar. Por uns cinco minutos deixei que eles se "ambientassem". Resolvi quebrar o zum-zum com um bom-dia. Um ou outro aluno respondeu.

Notei que eles estavam muito bem-vestidos. A maioria dos meninos usava boné.

Pronto. Eu seria antipática. Não queria aluno de boné na minha aula.

– Sou a professora Rosemeire e vou dar aula de História para vocês. Tenho 27 anos, 1,65 m, 55 quilos, tenho um gato chamado Holerite e nasci numa cidade chamada Portimerama do Oeste. Gosto de sinceridade e de alunos interessados, pode ter até uma letra feia que eu não ligo, já que a minha é tenebrosa... – risos. – Não entendeu, tira o boné que eu respondo com o maior prazer.

– Qual o problema em usar boné?

Será que aí vinha a primeira encrenca?

– Bem, eu não entro de chapéu numa igreja...

– Claro, você não é boiadeira!...

Risos. Precisava sair dessa rapidinho.

– Um lapso. Esqueci de dizer que crio uma égua e um boi em Portimerama, o que faz de mim uma "boiegueira". – Senti algo de mais tranquilo no ar. – Ficaria mais feliz se os "bonesuários" dessem uma pausa para os bonés na minha aula, certo?

– Tá bão, fessora! – gritou um aluno lá do fundo.

Alívio. Talvez tivesse começado de forma errada, mas agora já tinha ido.

Depois de perguntar nome por nome, falei do livro a ser adotado. Pedi também um caderno... Mas fui interrompida por:

– Duzentas folhas?

Levei um susto.

– Por que não compram um de cem pra começar? Se precisarem de outro, compram depois. Pra que carregar tanto peso na mochila? Vocês ainda vão ter de comprar o livro! Bem, se quiserem comprar com desconto, podem pedir pra mim. Eu posso recolher o dinheiro e comprar na editora.

– A livraria da escola também dá desconto, professora.

Bem, acho que aqui eu não precisaria tentar resolver os problemas financeiros dos alunos. Talvez eles os tivessem, mas não tanto quanto os outros, que ficavam o primeiro semestre inteiro sem material escolar por falta de dinheiro. Primeiro ano do ensino médio D, E, C. Trinta e cinco alunos, uns dez brincos e uns quinze bonés no máximo em cada sala.

Perguntei um pouco sobre cada aluno, se assinavam jornal, se estavam acostumados a ler.

As respostas foram as mais variadas possíveis:

– Meus pais leem, eu não.

– Leio o caderno de cultura da *Folha de S.Paulo.*

– *Estadão.*

– *Folhateen.*

– *Capricho.*

– *A Folha*, de cabo a rabo.

– *Caderno Dois.*

– Fanzines em geral. Qualquer um.

– A *Vogue* da minha mãe. É bárrrbara!

– As manchetes.

– *Contigo.*

– Os editoriais.

– Adoro horóscopo.

– Leio porque meus pais me obrigam.

– Quando dá...

– Prefiro tevê.

– Sabe aquele caderninho que vem com o resumo das novelas? Coleciono todos!

– Pego o jornal do vizinho antes que ele leia. Sai mais barato.

– Leio só a parte de economia.

– Classificados.

– Desço na portaria do prédio e leio todos os que o zelador recolhe. O duro é que é sempre notícia atrasada.

Expliquei que leríamos jornais. Ouvi um "ah" meio geral. Teriam de se acostumar, já que também estaríamos envolvidos com a campanha contra a fome.

– Quando a gente vai ter de trazer os não perecíveis, professora?

– Amanhã – respondi. – A APM está colocando as faixas da campanha.

– E pra onde esses alimentos vão?

Fui sincera. Eu ainda não tinha sido informada. Mas era evidente que iriam para quem precisasse.

Desci para a sala dos professores. Tomei um café quente e ainda comi umas rosquinhas deliciosas. Quando descobri que a Jacy, uma amiga da minha escola estadual, também estava dando aulas lá, dei um grito:

– Jacy! Que bom que você tá aqui, menina! – exclamei.

– Rose! Fico contente de te ver, menina!

Meninas! Era tudo o que uma pensava da outra.

Fomos interrompidas pela Regina e, pasmem, pelo editor da Jovem, que viera até o colégio para dar início ao concurso. Junto com ele estavam mais duas pessoas com os cartazes da editora e o pessoal da APM com as faixas e os cartazes para a arrecadação de alimentos.

Enquanto a Regina conversava com a Jacy, o Roberto perguntou se eu tinha recebido a carta dele com o convite. Não, eu não tinha recebido nem um reles cartão, quanto mais uma carta-convite.

– Queria saber se você gostaria de ser nossa leitora crítica... Só que aqui não dá pra gente conversar sobre isso. Daria pra dar um pulo lá na editora depois da aula?

Disse que sim.

Uma das pessoas que estavam com ele foi falando do concurso. Entregou alguns regulamentos avulsos, as folhas timbradas com o logotipo da Jovem e o emblema do colégio. Trouxe também envelopes grandes para que cada classe colocasse as suas redações dentro. Cada professor que ficasse encarregado de receber as redações lacraria o envelope e o entregaria para a Regina. Ela, por sua vez, o entregaria para o setor de promoções e eventos da editora.

– As redações serão feitas no colégio todo – explicou Roberto –, do sexto ano do fundamental ao terceiro do ensino médio, com a orientação dos professores de História, Geografia e Português, até o dia dezesseis de fevereiro. Os cartazes com o regulamento e o tema, que todos já devem saber, serão afixados a partir de hoje, dia nove. Dia vinte a editora recolherá todos os envelopes.

– Nenhum prêmio? – uma professora perguntou.

– O prêmio será a publicação das redações – ele continuou.

Enquanto os professores se animavam a pegar os cartazes para colar pelo colégio, fiquei pensando no Carlos e na fome. Fome de carinho podia entrar nas redações? Se professor pudesse participar, seria esse o meu tema!

Regina pediu que colaborássemos com a APM distribuindo na classe o boletim com as informações sobre a campanha contra a fome. Eles já estavam colocando as faixas na entrada e na saída do colégio e também pelos pátios.

Li no boletim informativo que cada classe seria responsável por um tipo de alimento e que teriam um prazo para entregar. A campanha seria iniciada no dia seguinte. Às 11h30 haveria a celebração de uma missa e um depoimento de um pai. Com o pessoal da tarde, o procedimento seria o mesmo. Achei legal. O pessoal estava realmente arregaçando as mangas.

Leitora crítica

Saí do colégio e fui para a editora, que não era muito distante dali. Tomei um chá de espera de uns vinte minutos, já que o Roberto estava em reunião.

Quando finalmente entrei na sala dele, fomos direto ao ponto: ele queria que eu fosse a leitora crítica das redações da escola Gustavo Augusto e para isso eu seria paga. Pa-ga!

Fiquei meio encafifada.

– Por que eu? – perguntei.

– Por que não você? – ele devolveu.

É, antes eu. Estava precisando tanto de mais um bico, e esse viera a calhar. Fui ouvindo tudo com a maior atenção. Eu receberia os pacotes de redações fechados, em casa. Iria escolher as melhores.

Fomos interrompidos por uma moça que trouxe um café.

Continuamos conversando sobre o concurso por mais uns quinze minutos. Me comprometi a dar retorno sobre o andamento da leitura crítica, assim que começasse a receber as composições.

Papo encerrado. Peguei um lotação cheio, mas onde sempre cabe mais um.

Nada do Carlos. Éramos eu, o Holerite, meus alunos e a "Fome", que começou a "render" a partir da terça-feira.

Os alunos estavam alvoroçados com a notícia de que teríamos um concurso e que alguns dentre eles seriam escolhidos e "virariam autores" da Jovem Editora.

Quando entrei na sala do primeiro ano B, comecei tudo de novo. Apresentação, livro adotado, caderno, nomes dos alunos. A mesma coisa no primeiro F.

Só quando entrei no primeiro C é que pude pedir a redação. Antes tropecei num pacote de cinco quilos de arroz, que estava bem no meio do corredor. Essa era uma "classe de arroz".

A Jacy já tinha explicado que a redação começaria na minha aula e, se preciso, continuaria na aula seguinte, que era de Geografia.

Encontrei os alunos com os papéis timbrados nas suas carteiras. Uns olhavam para a lousa, e nada. Outros me chamavam para tirar dúvidas.

Resolvi colocar na lousa a definição de fome segundo um dicionário que encontrei na primeira prateleira à direita da porta de entrada da classe.

Peguei a caneta e escrevi:

> FOME (do latim *fame*) – substantivo feminino. 1. Grande apetite de comer 2. Urgência de alimento. 3. Subalimentação (1). 4. Falta do necessário; penúria, miséria. 5. Míngua de víveres; escassez. 6. Fig. Avidez, sofreguidão. * Fome canina. Pop. V. bulimia. JUNTAR-SE A FOME COM A VONTADE DE COMER. Unirem-se dois desejos ou interesses iguais. VARADO DE FOME. Bras. Extremamente faminto.

Notei, então, que alguns alunos que ainda não tinham escrito nada começaram a rabiscar algumas palavras.

– Vi uma criança cheirando cola pra não sentir fome. Posso falar sobre isso? – perguntou um aluno.

Senti um aperto na garganta.

– Pode, claro!

Não, não devia ser preciso cheirar cola pra esquecer a fome, mas era isso que muitos acabavam fazendo.

"Pão e circo", como rezava a cartilha dos antigos imperadores romanos. Circo já tínhamos de sobra: o circo dos deputados, as licitações fraudulentas, a corrupção no Congresso e até entre ministros, o circo do desvio de verbas de merendas, entre tantos outros circos revisitados, e que o povo estava cansado de ver. Espetáculo caro e responsável pelo aumento diário dos esfomeados. E o pão, tão barato antigamente? Onde é que ele andava? Pão, que antes era uma coisa que a gente sempre tinha em casa, sobrando, agora era contadinho. A fome era mesmo uma vergonha, não só para nós, mas para o mundo inteiro. Morrer de fome. As maiores vítimas? Com certeza, as crianças.

Depois que recolhi as redações, fui para o primeiro E. Fiz a chamada e, quando ia distribuir os papéis timbrados, um aluno pediu:

– Professora, a senhora não poderia falar um pouco sobre a fome? Quer dizer, historicamente falando... De repente, aí a gente tem umas ideias...

Ideias sobre a fome!

Comecei. Abri o nosso livro de História, mostrei uma ilustração (a capa da revista *Careta* em junho de 1916) e uma citação:

> A nova ordem mundial baseada no capitalismo industrial ajustou a economia primário-exportadora ao mercado internacional como produtora de alimentos e de matérias-primas. O resultado foi o aumento da pobreza [...]; a alta do custo de vida impossibilitava a aquisição de produtos básicos.
>
> (KOSHIBA, Luiz & PEREIRA e Denise M. F. *Américas*: uma introdução histórica. São Paulo, Atual, 1992. p. 248.)

– Acho que dá pra notar que a fome não é algo recente.

– Professora, acho que tenho muita coisa pra escrever... – uma aluna disse, franzindo as sobrancelhas.

– Pois comece! – sugeri.

Algumas tabelas de consumo de calorias, deixadas na classe pelo professor de Geografia, suscitaram a curiosidade de alguns alunos, que se levantavam das carteiras e tomavam algumas notas em seus cadernos.

– Professora, o brasileiro come muito mal mesmo? – uma aluna perguntou.

– Bom, de acordo com essas tabelas – eu apontei –, podemos concluir que sim.

Junto com uma das tabelas, vinha o seguinte texto:

> De acordo com os números apresentados em relatório da FAO (Organização das Nações Unidas para a Agricultura e Alimentação), em pesquisa realizada entre 2005 e 2007, na média, o brasileiro tem um déficit de consumo de 220 calorias por dia. Além disso, passam fome no país cerca de 11 milhões de pessoas, ou seja, 6% da população, estimada em 190 milhões de acordo com o censo de 2010.
>
> Disponível em: <http://www.fao.org/hunger/en/>. Acesso em 9 jul. 2012.

– Mesmo aqui em São Paulo? – um loirinho de rabo de cavalo perguntou.

– São Paulo e Rio de Janeiro não apresentam um quadro menos terrível – expliquei.

Silêncio de todos.

Quando o sinal tocou, eles guardaram suas redações. O professor de Geografia recolheria os trabalhos depois do intervalo.

Aproveitei a cantina para comprar um suco e uma fruta. Notei que o pátio estava ficando completamente lotado de não perecíveis.

– Puxa, Regina, a campanha nem bem começou e os alunos estão trazendo tanta coisa!

– Você perdeu o depoimento de um pai de aluno. Foi emocionante. A ajuda que ele vai dar é bárbara! – ela falou, entusiasmada.

É. Tinha perdido a missa e o pai falando.

– Como está indo? – Regina me perguntou, assim que sentei num dos bancos da lanchonete.

– Estou gostando muito daqui – respondi, com sinceridade.

Na verdade, estava adorando. Tinha todo aquele clima de coisa nova, tudo certinho. Conversamos um pouco sobre o concurso. Tinha combinado com o Roberto que ninguém poderia saber que eu seria uma leitora crítica.

Fiquei pensando, mais tarde, enquanto devorava arroz, feijão, bifinho e salada, em quanto tempo levaria para ler todas essas redações. Acho que levaria um tempão para selecioná-las! Por isso o carro da editora estaria aqui no colégio para carregar essa tonelada de "Fome".

Resolvi não me abalar. Pensar como Scarlett O'Hara, do filme *...E o vento levou*, tinha lá as suas vantagens. Eu faria como ela: me preocuparia amanhã.

Jantar, redações sobre a fome, campanha contra a fome... A minha fome, no entanto, ainda estava sem solução. Fome de companhia. Onde estava o meu Carlos? Teria ido parar em outra freguesia? Bastava melhorar de um lado (o financeiro), e o outro (o amoroso) despencava. Fazer o quê?

Lanche, banho, arrumações, Holerite miando, minha vizinha, dona Margarida, bisbilhotando.

Assisti ao programa do Léo. Acabei dormindo com a tevê ligada. Desperdício. Tanta criança com fome por aí. O que tem a fome a ver com a luz? Tudo. Economia gera economia. Ou não? A essa altura do campeonato, ainda escuro, e atrasada para me trocar, a cabeça estava confusa e os gatos continuavam pardos... até o Holerite!

Primeiro ano A. Ali tinha lata de leite até não poder mais. Que bom!

Depois de fazer a chamada, iriam começar as redações. Quando notei que os alunos estavam meio "no ar", achei melhor ler pra eles um recorte da *Folha de S.Paulo* que tinha visto na sala dos professores. Pena que nas salas dos professores das escolas estaduais só havia avisos da diretora, cartazes da Apeoesp (Sindicato dos Professores do Ensino Oficial do Estado de São Paulo), relação de aniversariantes do mês e bilhetes do tipo "Quem não pagou o café do mês retrasado, favor acertar!". Jamais lera um jornal na outra escola. Devia haver jornais em todas as salas de professores. Afinal, um professor da rede estadual nunca vai conseguir assinar nem um panfleto com o salário que recebe!

Comecei a leitura.

Dados, estatísticas e afins

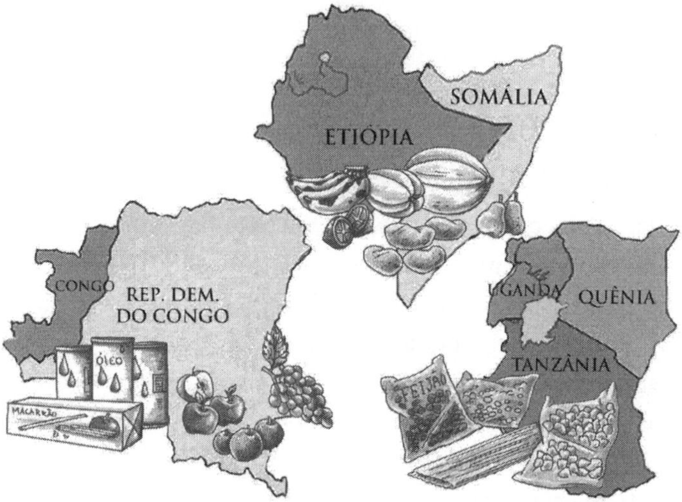

Situação da fome no mundo é alarmante, diz FAO

Representantes da Organização das Nações Unidas para a Agricultura e Alimentação (FAO) e do Programa Alimentar Mundial (PAM) advertiram a comunidade internacional, em outubro de 2011, sobre a situação da fome no mundo, considerada por eles alarmante e dramática. Dados da organização mostram que cerca de 1 bilhão de pessoas passam fome no mundo.

Para os especialistas, a situação se agrava com o crescimento da população mundial e a elevação constante dos preços dos alimentos. A região que mais sofre no mundo é a conhecida como Chifre da África, onde está a Somália.

Dados da FAO revelam que uma em cada sete pessoas no mundo vai para a cama com fome, na maioria mulheres e crianças. A fome mata anualmente mais pessoas do que o vírus da Aids, a malária e a tuberculose.

Um dos motivos é a constante elevação dos preços dos alimentos, iniciada em 2005, uma consequência, entre outros fatores, do aumento substancial da população mundial. Segundo a FAO, a cada ano nascem no mundo mais 80 milhões de pessoas. Os alimentos mais afetados são o milho e o arroz. A situação assumiu proporções dramáticas em 2008, quando os preços alcançaram um pico histórico, justamente no momento do agravamento da crise econômica internacional.

Adaptado de: <http://www.jb.com.br/internacional/noticias/2011/10/18/situacao-da-fome-no-mundo-e-alarmante-diz-fao/>. Acesso em 9 jul. 2012.

Enquanto lia, podia ver nos rostos da moçada o franzir de sobrancelhas, o apertar de olhos, o morder do batom.

– É muita gente com fome, professora! – exclamou uma menina bonita, de cabelos bem tratados e pele queimada de sol.

– Lembrei de um caso pra contar! – exclamou um aluno da frente.

E quantos casos não teríamos? Mais de um milhão de casos "mortais".

Primeiro B – pacotes de feijão.

Ataquei de Paulo Sérgio Scarpa, da Agência Folha, em Recife.

Sangue de boi alimenta criança carente em Pernambuco

As pesquisas que resultaram no Prothemol foram iniciadas em 1987. Na ocasião, ao assumir pela segunda vez o Governo de Pernambuco, Miguel Arraes deu a sete pesquisadores a missão de encontrar formas de se erradicar a fome e a desnutrição no Estado. Deste grupo, além de Naíde Teodósio, faziam parte o farmacólogo Antônio Alves, e o hematologista Walter Dimenstein. Este último há 20 anos vinha defendendo o aproveitamento das riquíssimas proteínas existentes no sangue do boi para combater a desnutrição. No Brasil, o abate de gado resulta em cerca de 130 milhões de litros de sangue que é descartado e, invariavelmente, vai poluir rios e contaminar esgotos. "São cerca de 88% de proteínas e uma grande quantidade de ferro concentradas apenas nas hemácias", informa Dimenstein. Depois de devidamente autorizados pela Comissão de Ética do

Centro de Ciências da Saúde da UFPE, os pesquisadores, de outubro de 1990 a fevereiro de 1992, ministraram o Prothemol e o Plasmel aos internos da Creche de Apoio ao Menor, em Cajueiro Seco, município de Jaboatão dos Guararapes, na Região Metropolitana do Recife. Esta instituição abrigava um total de 120 crianças de zero a doze anos, 45% das quais desnutridas. Algumas também apresentavam um quadro de carência crônica de vitamina A (sinais cutâneos e dos fâneros). "As demais eram admitidas como normais porque a relação de peso e idade era boa. Isso, no entanto, não quer dizer que não tivessem algum grau de desnutrição", afirma Naíde. Em que pese a boa vontade e o empenho da direção da creche, as condições gerais de higiene e infraestrutura, das residências, sobretudo, eram péssimas. As crianças não dispunham sequer de um banheiro. O chão era de terra batida, não tinham cama, colchão ou sandália. Possuíam todo tipo de parasitose que se possa imaginar: piolho, sarna, bicho de pé, larva de migrans etc. Além dos problemas orgânicos, também apresentavam a síndrome psicopatológica da desnutrição, o que implica em estarem sempre quietas, tristes, sem brilho nos olhos. Pouco se comunicam entre si ou com os adultos e são indiferentes ao ambiente que as cerca.

Ao mesmo tempo em que aplicaram o Prothemol, os pesquisadores propiciaram àquelas crianças assistência médica diária e orientações gerais acerca de cuidados com higiene. Os resultados logo foram surgindo. "Com 15 dias já começaram a se movimentar. Depois de um mês tinham modificado a conduta com relação às pessoas que se dirigiam a elas. Findos três meses estavam exuberantes, alegres e irrequietas. Os exames laboratoriais, de sangue, urina, fezes etc., que fazíamos regularmente, comprovavam que a anemia e a carência de vitamina A haviam desaparecido. Os cabelos agora são sedosos, bem plantados", depõe Naíde.

Adaptado de: <http://www.cin.ufpe.br/~mundi/numero6/ziencia/link4.html>. Acesso em 11 jul. 2012.

– Professora, eu não teria coragem de tomar sangue de boi! – um aluno observou.

– Nem eu! Preferia morrer de fome! – uma aluna continuou, fazendo até uma careta.

– Aqui diz que ninguém vai sentir o gosto, gente.

– E a cor? – um outro quis saber.

– Ah, isso eu não sei – respondi, com sinceridade.

Um "ah" meio desanimado e um ânimo total de canetas e cabeças pensando.

Sobre o que escreveriam?

Lembrei de um vinho que tomávamos nas festas da faculdade. Chamava-se justamente Sangue de Boi. Comprávamos um garrafão e tomávamos aquilo feito um néctar. Eu tomava meio copo e já entregava os pontos. Havia um outro vinho, muito mais barato, chamado Colega. Deixava os dentes da gente pretos. No final da festa, parecia que havíamos saltado da Idade Média, com dentes apodrecidos e tudo, diretamente para os dias de hoje, sem direito a uma passada pelo dentista. Morríamos de rir uns dos outros.

Deixei a maioria dos meus alunos entretidos com as redações. Recolhi num envelope algumas já prontas e parti rumo ao primeiro F – macarrão.

Depois de um bom-dia e da chamada, lá vinha eu com a fome.

Antes mesmo que começássemos, uma aluna disparou:

– Professora Rosemeire, a senhora poderia me dizer quantas crianças morrem de fome por ano?

– Bem, sabe-se que, no mundo, 2 milhões de crianças morrem de fome por ano.

– Tudo isso? Pensei que fosse menos! – um aluno se assustou.

Eu, então, comecei a ler o trecho de uma revista.

> A organização não governamental (ONG) Salvem as Crianças divulgou em fevereiro de 2012 que a cada minuto morrem cinco crianças no mundo em decorrência da desnutrição crônica. Segundo a ONG, a morte de 2 milhões de crianças por ano poderia ser evitada com o combate à desnutrição. Os países africanos Congo, Burundi, Comores, Sua-

zilândia e Costa do Marfim têm os piores dados referentes à fome no mundo desde 1990.

Adaptado de: <http://exame.abril.com.br/economia/mundo/noticias/pelo-menos-cinco-criancas-morrem-de-fome-por-minuto-diz-ong/>. Acesso em 9 jul. 2012.

– Puxa, e ontem só porque o bife estava solado eu fiz "greve de fome" e não comi... – uma aluna confessou.

– Pois você é uma moça de sorte – eu falei. – Alguém aqui nesta classe já passou fome?

Mudos. Ninguém tinha passado fome. Podiam saber, ler, comentar, escrever sobre ela, mas nunca haviam convivido com ela.

Última classe: primeiro D – latas de óleo.

– Bom dia, gente! Vamos falar sobre a fome?

– Bem antes do recreio, professora? Já está até me abrindo o apetite.

– A senhora já experimentou o pão de queijo recheado com catupiry da cantina, professora? É pegar e morrer. Uma delícia!

– Tenta o X-especial. Vem com tudo.

Fome. Era só começar que abria o apetite.

Enquanto eu andava pela sala, uma aluna levantou o braço e me chamou:

– Professora, posso contar que meu pai passou fome na vida?

– Pode, por que não?

Notei que ela fez a pergunta sem nenhuma vergonha. Percebi também que alguns alunos à sua volta olharam espantados.

Será que eles pensavam que a fome só andava lá longe, no Nordeste, nas ruas mais pobres, nas favelas, aparecendo nos jornais, tevês e rádios?

Percebi que ela se emocionava enquanto escrevia. Sensível e bem-relacionada com os pais, pensei. Pra saber que o pai passou fome, muito diálogo deve ter rolado. Ou não?

Mais um braço erguido.

– Professora, a fome não é causada pelo excesso de população?

Esse estava por dentro do assunto.

– Apontar como causa da fome o excesso populacional não procede, porque nem o Brasil tem grande densidade populacional comparativamente a outros países, nem os países com densidades consideradas altas são necessariamente famintos.

– O povo teria de comer muito pra realmente "matar a fome"! – uma menina exclamou.

– Bom, "matar a fome" não é comer em grande quantidade, gente! Não adianta comer só carne. Outras coisas são necessárias para a construção e o melhor desempenho do nosso organismo.

– Como o quê, por exemplo?

– Frutas, verduras, legumes, derivados de leite...

– Nossa, sobrou tanta fruta na nossa ceia de Natal... Jogamos tudo fora – um aluno suspirou, meio que com remorso. – Acho até que já sei sobre o que vou escrever! – concluiu.

O tempo passou rápido. Quando vi, o sinal já tinha batido e alguns haviam colocado a redação sobre a mesa. Os que ainda não tinham acabado entregariam as redações para o professor da próxima aula, que as receberia, colocaria no envelope da editora e o entregaria para a Regina, que, por sua vez, o passaria para o setor de promoções e eventos da editora, que o enviaria pra mim.

Hoje a "fome" estaria encerrada – como concurso. Ainda tínhamos muita "fome" pela frente. Em todos os sentidos. Na arrecadação, por exemplo.

Depois de arriscar um sanduíche natural na cantina, fui pra casa absolutamente sem fome, e me sentindo absolutamente culpada por observar, pela janela do ônibus, tantos menores nas ruas... com muita, mas muita fome!

Fome de todo tipo

Quinta e sexta-feira em casa, à toa. Bem... Nem tão à toa assim. Resolvi, na sexta-feira, ir ao cinema. Estavam falando tanto de um tal filme lá no colégio que não pude resistir.

Na entrada da sala, senti um braço na minha nuca. Dei um salto e olhei para trás.

Foi aí que, ao segurar a mão do "desinfeliz" (iria chamar o segurança), levei o maior susto!

Carlos! Com todas as letras e músculos!

– Por onde você andou? – sussurrei.

– Você nem acredita... Depois te conto!

– Como descobriu que eu estava aqui?

– Seu José Carlos, da portaria. Ele disse que você pediu um jornal emprestado pra ele, copiou o nome do cinema num papel e largou o papel lá. Foi assim.

Sem nem mesmo pedir, ele foi me puxando e me agarrando, e eu me deixei agarrar com todos os erres possíveis.

– Sabe que nem vi sua entrevista?

– Vamos ver o filme. Lá em casa a gente conversa.

– Não posso!

– Como, não pode? – estranhei.

– Agora não dá pra falar. Tô saindo de viagem de novo...

– E a faculdade?

– Pedi licença. Depois, quando eu voltar, eu te conto tudo.

– Voltar de onde?

– Rose, pintou um negócio legal. Não posso ficar com você. Vim só pra te dar um beijo e te deixar tranquila. Eu te ligo, tá?

– Mas eu nem te contei...

E nem deu pra contar do colégio particular... Ele me deu um beijo tão comprido e tão bom...

– Cuida do Holerite pra mim, tá?

E evaporou.

O que fazer com um namorado desses?

Iria escrever mesmo sobre a fome de carinho. Era a única que eu sentia naquele momento.

Ainda meio atordoada com o sumiço do Carlos, entrei realmente em parafuso quando duas pessoas da editora vieram ao meu apartamento, no sábado cedo, pra trazer os pacotes de redações. Quando já quase não havia lugar pra colocar tantos envelopes, os dois se despediram desejando-me boa sorte.

Despenquei no tapete. Onde estariam meus óculos? Talvez embaixo do travesseiro!

Pronto. Começaria pelos envelopes do sexto ano, pra variar um pouco. Eram crianças ainda. Poderiam ter um outro enfoque sobre o tema fome.

Me acomodei na minha poltroninha do quarto e comecei.

A bebida mata a fome

Assisti na tevê que a bebida tira a fome.

Achei muito triste um pai que dá pinga para os filhos dele porque ele morre de pena de ver os filhos chorando de fome e ele não tem dinheiro para comprar comida. Daí ele dá pinga para os filhos. As crianças ficam tontas e vão dormir cedo, assim ele e a mulher não têm de ver os filhos chorando e pedindo comida.

Acontece que a bebida mata também e logo esses filhos vão ficar viciados na bebida.

Conheço uma pessoa que bebe escondido, mas não é para matar a fome. É porque é viciada mesmo.

Fome na escola

Eu sei o que é fome. Sério mesmo.

A minha mãe diz que eu estou gordo e que não posso mais trazer lanche para o colégio e nem comprar nada na cantina.

Fico olhando os lanches dos meus amigos e passo muita vontade.

Sei que é feio ser gordo (a minha mãe é quem diz), mas o que eu posso fazer se gosto de tudo o que é gostoso?

Acho uma chatice eu ter de ficar comendo aquele monte de coisa verde (ela diz que é verdura) e legumes (pra mim um chuchu não passa de um copo de água morna com sal).

Queria comer um monte de coisas quando chegasse em casa hoje... mas não vai dar. Minha mãe quer que eu seja magro. E para isso eu é que tenho de passar FOME!

Judiação. Querer e não poder. Querer comer e não ter. Quem seria o "gordinho"? Seria tão gordinho assim? Por que a mãe quer ter um filho "padrão-tevê"? A não ser que ele seja obeso, realmente. Se é um problema grave, a coisa muda de figura.

Pelo visto ele gosta das guloseimas. A fome dele é por bobagens... enquanto a fome de milhares de crianças é por um simples prato de comida, uma xícara de leite.

Vamos ver... Ah, essa aqui parece ser interessante...

Alunos sem merenda

Eu não sabia que tem alunos que só vão para a escola para comer a merenda. Quem me contou foi a minha mãe. Ela é diretora de uma escola e vive falando que a merenda nunca dá para todo mundo.

Sabe que desde a semana passada (quando começaram as aulas) os alunos da escola da minha mãe estão sem merenda? Parece que o governo não mandou. No ano passado a mulher que preparava a merenda ficou com preguiça e escondeu o macarrão, que acabou estragando. Agora parece que as próprias mães das crianças fazem um rodízio (sabe o que é rodízio, ou eu preciso explicar? Bem, é assim: cada um tem a sua vez de ir lá para cozinhar) para não deixar estragar os alimentos.

Tem dia, sabe, que a minha mãe fica revirando a comida no prato. Aí eu percebo que ela está pensando nos alunos dela e também fico revirando a minha comida no prato. Queria poder dar um pouco da nossa comida para eles, mas se tirar da gente, a gente também fica sem... Como é que a gente faz? Fica com "meia-fome"?

Acho que a ideia da campanha aqui na escola foi legal pra caramba. Eu já trouxe o que os professores pediram. É um meio de ajudar.

É, não é só nessa escola que falta merenda. Está faltando merenda em muitos lugares, meu anjo, e essa campanha veio mesmo a calhar!

Pão para quem tem fome?

Esta história aconteceu com a minha avó, em Vitória, no Espírito Santo. Foi ela mesma quem contou. Foi assim: ela estava preparando o jantar quando a campainha tocou. Vovô foi atender. Era uma mulher muito pobre, pedindo comida.

Vovô entrou em casa e disse para a vovó:

– Diva, tem gente pedindo comida.

Minha avó ficou morrendo de dó... Ainda mais porque ela estava fritando uns bifes de filé-minhon.

Ela pediu para o vovô que fosse até a porta da frente e dissesse para a mulher que esperasse um pouquinho.

Vovô foi e deu o recado.

Enquanto a mulher esperava, vovó fritou um bife grande e colocou dentro de um pão. Como achou que era pouco, pegou duas bananas-maçãs, embrulhou e deu para o vovô entregar. Quando o vovô entregou para a mulher, ele quase caiu duro. Sabe o que ela disse?

– Não posso comer esse pão aqui porque tenho diabete... E banana tem a dar com o pau lá no meu sítio!

E jogou, para o espanto do meu avô, o pão e as duas bananas na calçada.

Para arrematar, comentou:

– O bife tá frio. Esse povo rico é fogo! Pensa que pobre gosta de comida fria!

Minha avó ficou louca da vida. Ela disse que tinha feito o bife "no maior capricho".

Será que pão não mata mais a fome do povo?

Vai ver a minha avó teve azar. Tomara que ela não desanime de dar comida para quem pede.

Olhei o nome do aluno: Fábio.

Sabia que isso já aconteceu em minha casa, Fábio? E muitas vezes! Agora mesmo, nessas férias de janeiro, lá em Portimerama. Uma cidade que nunca teve gente mendigando, agora tem. E um que também jogou o pão com manteiga que eu servi, embrulhado num guardanapo.

Na hora dá uma raiva, né? Mas depois você fica com pena... Pena dos outros, que poderiam estar comendo esse pão que o infeliz jogou.

Nossa, olha esse aqui... Que título, gente!

O que posso fazer pelos esfomeados?

Eu não sei o que eu posso fazer pelas pessoas esfomeadas. Eu penso nelas quando vejo na tevê o jornalista falando. Mas depois, durante o resto do dia, eu esqueço tudo. Parece que vi um filme de terror e que fico lembrando dele de vez em quando, na hora de dormir, todas aquelas crianças tão magrinhas, os pais tristes. Aí eu perco o sono e vou deitar na cama dos meus pais.

Será que é isso que os políticos fazem também? Perdem o sono e vão dormir com os filhos, como eu vou?

Acho que a fome é um filme de terror que vai ficar passando sempre e que devia parar de passar. Devia ser pelo menos proibido para crianças e adolescentes.

Quando a gente leu a Declaração dos Direitos da Criança, percebeu que esses direitos não são respeitados.

O que eu posso fazer pelos esfomeados? Deve ter alguma coisa que se possa fazer para melhorar essa situação! Será que só essa campanha que a gente está fazendo vai resolver? Resolve por uma semana, mas, e na outra? E os políticos? O que fazem pelos esfomeados?

Ô, Ana Maria... Queria poder ver o seu rostinho na hora em que você escrevia isso. De qualquer forma, queria conhecer você. Você tem toda a razão. Os Direitos da Criança não são respeitados. A criança tem direito de ter uma alimentação, um lugar pra morar, recreação e cuidados médicos adequados, entre tantas outras coisas.

Se todo o mundo se preocupasse, começaríamos a pensar em formas de mudar o final desse filme tão triste!

Sabe o que eu acho? Que escrever sobre a fome já é um comecinho... A gente começa a pensar, a pensar... E uma campanha é um outro bom começo. Uma campanha como essa, sem politicagem.

Suspirei fundo, tomei fôlego e passei para um outro envelope. Um do sétimo ano.

Faltei no dia da fome

Não posso falar muito sobre a fome porque ontem, quando a professora falou sobre ela, eu estava de cama e não fui à escola.

Restos para matar a fome

Quando eu vi pela primeira vez alguém pegando uns tomates podres no fim da feira, fiquei com um nó no peito.

Eram duas crianças e a mãe. Elas iam pegando tudo o que os feirantes jogavam num caixote e até no chão e iam enfiando numa sacola.

As verduras estavam bem feias, com as folhas soltas e os legumes até podres, mas elas iam pegando, pegando, com muita pressa.

Um feirante gritou com elas:

– Sai daí... Vocês estão estragando a freguesia! Sai!

– Moço, a gente só quer o que o senhor tá jogando... – a mulher respondeu.

Me lembro dela como se fosse hoje (isso foi antes do Natal): tinha o cabelo comprido, o rosto meio enrugado e estava com uma roupa muito velha, mas limpa. Não era suja, não. As crianças eram pequenas. Uma tinha uma chupeta na boca e o cabelo estava penteado. A outra estava com uma roupa muito grande pra ela. Devia ter ganhado de alguém. Ficou olhando para mim sem parar.

Quando a minha mãe pegou umas peras para pesar, ela pediu dinheiro para a minha mãe.

– Dona, as crianças querem comer uma fruta. A senhora não pode dar um dinheiro pra mim? Deus vai lhe abençoar e dar em dobro.

– Dá, mãe! – eu pedi. Eu não ia conseguir comer aquela pera sabendo que as duas crianças não iam comer também. Minha mãe abriu a carteira e tirou umas três notas. Eu nem vi quanto foi. Minha mãe é assim: falou em Deus e ela amolece mesmo!

A mulher puxou as duas crianças pelo braço e foi até o fim da barraca. Vi que ela parou em frente às bananas.

– Ela vai comprar bananas, Mariana – minha mãe ficou toda feliz. – Bananas são mais baratas e têm bastante potássio!

Concordei sem nem saber se banana tinha potássio. Pelo menos era fruta.

Só que as três saíram da barraca sem levar nada.

– Vai ver resolveram guardar o dinheiro pra outra coisa, mãe!

Quando fomos entrando no carro para ir embora, vimos as duas tomando refrigerante e a mãe comprando um saco de biscoito de polvilho.

– Se eu soubesse que elas iriam trocar a fruta por Coca-Cola eu não teria dado! – Minha mãe ficou desapontada.

Eu fiquei com pena, sabe? Acho que eles têm fome de tanta coisa junto... Ficam vendo a gente tomar refri e comer pastel...

Minha mãe veio com um papo de transnacionais, alimentos industrializados, culpa da tevê. Ela disse que eles trocam de comida, a fruta pelo supérfluo.

Fome é fome. Se a gente que tem dinheiro pra colocar comida na geladeira compra um monte de bobagens nos supermercados, por que eles não podem fazer isso também?

Roubar para comer

Foi pego roubando comida no supermercado.

Foi levado para a sala do gerente.

Foi levado para a delegacia.

Foi preso.

A mulher foi visitar o marido e chorou.

Os filhos foram visitar o pai e choraram.

Era uma boca a menos para comer.

Era um a menos para trazer dinheiro para casa.

E falta de dinheiro era igual a fome.

E barriga cheia era cara feliz.

E cara feliz era saúde.

E saúde era boa para ter perna boa para procurar emprego.

E achando emprego ele iria trazer dinheiro para matar a fome.

E se matasse a fome não ia ter de roubar para comer.

Iria ao supermercado para olhar os preços, ficar chateado, comprar pouco, mas não ia roubar.

E não ia ser preso.

E não ia ficar longe da mulher e dos filhos, que continuariam com fome.

E quantos estão vivendo essa situação, Marcelo? Muitos, mas muitos mesmo!

Fui separando algumas redações para ler depois, e deixando essas para levar para a editora. Peguei então um envelope do oitavo ano.

Comecei por esta aqui:

Fome

F	O	M	E
0%	0%	0%	$
M	0%	R	T
E	$	T	A

Olhei de novo o que o aluno tinha escrito. Li o nome dele. Frederico. FOME. % de investimento em alimentação? Zero! Mort! Esta mort. Dinheiro ($). Achei interessante. Se é que com a palavra fome se podia fazer poesia, ele tinha feito uma. E bem concreta, acho.

Peguei a folha de baixo. Luiza. Diferente, Luiza.

S	F	O	M	E	D	B	N	S	T	D	E	S	C	A	S	O	U	I	C	L	A	R	B
T	O	S	H	O	J	E	Ç	O	J	P	O	U	C	A	E	F	M	I	S	E	R	I	A
E	R	R	Y	I	X	P	A	R	R	O	Z	F	T	A	M	O	R	C	W	U	M	Z	Q
P	O	B	R	E	Z	A	Q	Y	I	L	L	I	X	O	F	D	A	Q	M	A	L	B	N
T	M	H	Z	A	F	E	I	J	A	O	W	S	C	I	S	U	C	O	I	C	O	M	E
I	U	V	I	D	A	Z	C	M	H	D	U	R	A	U	I	S	R	V	R	E	N	D	A
A	I	O	F	I	L	H	O	A	O	V	F	A	V	E	L	A	W	M	A	E	K	B	I
Y	T	E	U	A	S	E	I	T	R	R	E	A	L	I	Z	A	R	F	T	U	E	D	F
N	A	O	A	F	O	M	E	O	A	A	X	Z	F	O	M	E	Y	T	N	A	D	A	O
G	H	P	S	R	U	B	E	M	T	V	T	U	D	O	B	I	C	O	M	E	R	Q	M
I	T	M	U	I	T	O	X	I	P	A	I	K	S	E	V	T	U	J	K	L	A	E	E
J	U	C	W	S	D	I	Y	R	Y	V	P	E	V	E	R	G	O	N	H	A	D	P	F
A	R	X	D	A	C	R	I	A	N	Ç	A	P	X	S	B	E	A	F	O	M	E	W	A

Nossa! Eram tantas as coisas nesse caça-palavras! Fome, descaso, muita, lar, hoje, pouca, miséria, arroz, amor, pobreza, lixo, mal, feijão, suco, come, vida dura, renda, filho, favela, mãe, eu sei, hora, realizar, não à fome, fome, nada, bem, tudo, comer, muito, pai, vergonha, criança, fome...

Parece que há palavras na vertical também!

É, a fome andava até em caça-palavras!

Matando a fome com cola

Estávamos em Curitiba, num lugar que se chama "Boca do Inferno". Lá tem uma porção de barzinhos, achei superbacana. Também achei legal porque não é em qualquer lugar que se pode andar a pé às onze e meia da noite.

Eu, minha mãe e meu pai andamos nas ruas até altas horas numa boa.

Quando a gente ia atravessar a rua, o sinal fechou. Foi aí que vimos três garotos de oito ou nove anos, talvez até menos, com saquinhos de plástico no nariz. Eles riam e corriam pra lá e pra cá. A gente tinha acabado de jantar e eu nunca tinha visto alguém cheirando cola. Meu estômago ficou embrulhado.

Meus pais desviaram o olhar. Eu não. Fiquei olhando para eles, com vontade de pegar aquelas crianças e levar para algum lugar quente e seguro, com bastante comida. Mas para onde? Para o hotel onde a gente estava hospedado?

Mesmo num lugar como Curitiba, a fome acontece e é ainda mais triste. Parece que não combina com a cidade.

Meu pai disse que a cola tira a fome e deixa a pessoa "ligada" por um bom tempo. Da cola eles partem para um outro vício e assim vão se destruindo.

Perguntei para o meu pai se ele não se sentia culpado e ele disse que sim, mas que a firma dele estava começando a montar um projeto que vai se chamar "Brown & Blue e os meninos de rua".

Não gostei de a firma usar o próprio nome para o projeto. Parece propaganda. Acho que essas multinacionais sempre têm interesse em explorar alguma coisa e não acho isso legal. O professor disse que esses meninos de rua viram mão de obra barata para as empresas. Falei isso para o meu pai, mas ele continua achando que é, apesar de tudo, uma forma, como ele diz, "politicamente correta" de se fazer o bem tirando os menores da rua.

Rogério, que cabeça legal você tem!

Eu nem estava acreditando que tudo estava tão interessante. A minha vontade de ler tudo, misturando redações do sexto ano com as do sétimo, oitavo e agora do nono, era tão grande que eu ia lendo e comendo, tudo junto.

Resolvi abrir um pacote do nono, depois de separar algumas redações bem interessantes. Continuei.

Fome no ônibus

Fome é o que eu sinto quando estou no ônibus do colégio voltando para casa. Sinto um vazio na boca do estômago que dói para burro, a boca fica com um gosto de cabo de guarda-chuva, sinto dor de cabeça.

Só, Rodrigo? A sua fome dura pouco, então. No máximo uns cinquenta minutos até você chegar em casa e abrir a geladeira, se é que a sua mãe não deixa para você um monte de coisas prontas: um estrogonofe com fritas, um peixe à doré, um frango à passarinho... e quem sabe, e até provavelmente, uma boa sobremesa. Um pudim de leite condensado com furinhos... Ou um manjar branco com calda de ameixas. Aí você vai esquentar no micro-ondas (odiando, com certeza, a empregada não dormir no emprego pra esquentar na hora pra você), vai se entupir de comida (ou até não, largando mais da metade no prato, porque alguém colocou champinhons no estrogonofe, mesmo sabendo que você detesta "caçá-los"), vai se atirar com tênis e tudo na sua cama macia e gostosa.

Veja bem, não estou culpando você por não lhe faltar nada, não. A gente não pode ficar se culpando por "ter", mas acho que dizer que fome é o que você sente no ônibus, do jeito que você fez, é o fim da picada. Sabe por quê? Porque a sua fome dura pouco, e a fome de milhões de pessoas dura muito tempo, até que a morte se incumba de "dar um jeito" nela.

Desculpe, Rodrigo... Acho que estou sendo ríspida com a sua sinceridade. Pelo menos você escreveu o que sente, não mentiu, não propôs nenhuma falsa ideologia. Foi espontâneo na sua forma de escrever e sentir. É a sua experiência e a sua ótica sobre a fome.

Passei dessa para a que segue.

A fome é um lixo

Comprar ingredientes para feijoada no Mercadão pode dar cadeia!

Essa bem que poderia ser a manchete de um jornal, mas não foi.

Minha mãe comprou ingredientes de feijoada no Mercado Municipal, coisa que ela nunca fez porque prefere o Santa Lúcia, que é caro, mas é bom.

Adivinha! Quando ela foi cortar a carne de porco para deixar de molho, gritou que não foi mole.

Fui até a cozinha para conferir. A carne tinha bichos. Minha mãe disse que eram larvas de varejeira e continuou gritando. Amarrou bem o saco plástico onde estava a carne e ligou para a Fiscalização Sanitária reclamando.

Quando disseram que viriam buscar a carne só no dia seguinte, a minha mãe armou o maior barraco... Porque para armar um barraco com coisa malfeita é com ela mesma. Ela roda a maior baiana, bate castanhola e levanta o dedo até o nariz do "desinfeliz" que aprontou.

Não teve dúvida. Depois que a minha mãe disse que não dormiria com bichos e que, se eles viessem só no dia seguinte, ela teria de enjaulá-los porque eles teriam crescido (ela até disse que estava desconfiada que eles pertenciam a alguma família de dinossauros), o fiscal veio rapidinho em casa. Para falar a verdade, veio uma "fiscala", que, horrorizada, constatou serem mesmo larvas de varejeira.

Prometeu à minha mãe que faria uma inspeção no box do Mercadão, aplicaria uma multa de um salário mínimo e levaria a carne deteriorada para ser enterrada num aterro sanitário.

Minha mãe passou para uma segunda etapa rápida que ela chamou de "operação sustar cheque". Ligou para o banco e sustou o cheque do – como ela chama, na brincadeira – "desinfeliz".

No dia seguinte, a manchete no jornal:

"Quatrocentos e cinquenta quilos de carne de porco deteriorada são apreendidos e enterrados no aterro sanitário. Fiscal aplica multa [...]."

Minha mãe, assim que leu, mostrou o jornal para minha irmã e para mim.

– Tá vendo? A gente tem de fazer assim! Se todos agissem como eu, este país ia pra frente.

O problema apareceu no dia seguinte. Daí a manchete foi:

"Favelados comem carne de porco deteriorada enterrada no aterro sanitário".

Minha mãe, assim que leu, mostrou o jornal pra gente.

– Olhem só que tristeza!

Fomos dormir tristes.

Senti um arrepio. Estiquei o braço e tomei um gole de água que desceu amargo na garganta. Fiquei com um gosto ruim na boca.

Que tristeza!

Passei então para uma outra.

Ex-canção do exílio

Minha terra tem palmeiras,
onde cantam sabiás;
As coitadas que aqui gorjeiam,
gorjeiam tristes, sei lá!

Nosso céu tem estrelas,
Nossas várzeas poucas flores...
Nossas flores perdem vida,
Nossa vida em fome, desamores.

Em pensar, sozinho, nessa aula,
Tristeza encontro bastante;
Pra que terra e palmeiras,
Se a fome é bicho errante?

Minha terra tem primores,
Que tais não encontro eu cá;
Em pensar – sozinho, na aula –
Só tristeza encontro, sei lá;
Minha terra com palmeiras,
Onde a fome vive a rondar...

Não permita Deus que eu morra
Sem que possa ajudar;

Sem que faça alguma coisa
Pra alguém alimentar;
Palmeiras, sabiás...
Matar a fome com poesia?
Com fome, não há nada pra rimar!

Raquel, recriando Gonçalves Dias!...

Acho que peguei uma classe poeta! E esses quase poetas têm tanto a dizer!

Pausa. Amanhã continuaria.

Acordei meio desanimada. Tinha tanta coisa pra fazer antes de continuar as redações!

Resolvi adiantar meu expediente doméstico, tomar um lanche e mandar bala na minha leitura crítica. Recomecei.

Fome & Seca

Não dava mais importância para o Natal. Para falar a verdade, nem sabia mais quando era. Importante era a comida para botar na boca dos cinco, mais a sua, mais a do marido e da avó, pele e osso, coitada.

A seca estava brava. Nunca estivera tão assim daquele jeito, castigada, terra, pé e mão abrindo como se um fosse tudo irmão do outro e tivesse que ficar igualzinho.

Lembrou de um bode que comera uns cinco ou seis meses atrás... Nem era bom lembrar. A barriga roncava, retorcia.

O marido já tinha saído da cama. Resolveu pular também para não ver a cara das crianças, aqueles olhos dizendo "fome".

Foi até o que havia sido o roçado. Espiou o túmulo do José, o caçula. Endireitou a cruz que tava torta. Era o terceiro que se ia. O mais novo era esse. O leite do peito minguara... E ela lá ia ter leite se não comia? O menino, coitado, que nascera por ali mesmo, com a ajuda de Deus e da dona Generosa, tinha ido de secura. Olho grande, pele amarela, enrugada que só vendo. Lá no postinho falaram que era desidratação... Deram um saquinho de leite em pó, ensinaram a fazer o soro caseiro. Deram um pouquinho de açúcar, água tratada e sal...

Mas assim que acabou, foi soro com rapadura raspada e sal grosso.

A lágrima ardeu no rosto seco, vincado, quando olhou para trás e viu o Dico na porta, fazendo sinal.

Foi andando devagarinho, dor nas cadeiras, a boca seca, o olho rachado.

– Dia, filho.

– Mãe... – e um soluço fraquinho, daquele outro José, só que Maria. José Maria, o Dico, sabia lá por quê.

– Fala, filho... – a mãe tremeu.

– Tô fazendo igual a ele, mãe – Zé Maria apontou soluçando para a cruz do irmãozinho.

– Mole? – Antônia estremeceu.

– Igual água, mãe.

Antônia pegou o filho no colo. Seis anos e peso de uma criança de um.

Levou o moleque para perto do que havia sido um poço, entrou em casa e voltou com uma caneca de água parda, feia. Tirou o calção do menino e jogou-lhe um pouco daquela água suja. Abraçou o garoto e, com ele no colo, entrou em casa.

Chamou a avó e pediu que tomasse conta das crianças, principalmente do Zé Maria.

A avó levantou um braço, mas nada disse. Não iria perguntar da comida de novo. Ficaria olhando os netos ali da rede, cantando baixinho, depois de dar um mingau ralo de amido de milho com água para mais esse coitado.

Antônia pegou a sandália de couro surrado, pôs o chapéu na cabeça e fez um sinal de silêncio. Tirou a sacola de juta de trás da porta e enfiou por debaixo da blusa.

Saiu daquele que considerava o seu lar e foi procurar o marido. Não ia ficar esperando que um a um seus filhos fossem indo. Não ia mais fazer uma outra cruz ao lado das três tão doídas.

Nada do marido. Era um pobre dum desgraçado.

Começou então a andar sob aquele sol castigante.

Engraçado! Quando estava bem em cima do açude seco, pareceu ter avistado o marido, lá longe, cortando cacto.

Não, hoje não daria cacto pros filhos. Não tiraria os espinhos, não cortaria em pedaços, não poria nenhum sal e nem cozinharia no sebo de bode. Não tinha restado mais uma gota de gordura de bode no latão.

Andou por várias horas, nem soube como. Parava, descansava embaixo de alguma árvore fina, magra como ela própria, comia um pouco de farinha.

Teve sede. Muita. Mas jurou que viveria até chegar a Cajueiro de Itapari, antes mesmo que o sol abrandasse.

Achou que não fosse conseguir... Mas graças a Deus, os fantasmas de seus três Josés lhe tinham feito companhia e faziam com que ela criasse força nas pernas, mesmo na hora em que elas bambeavam e ameaçavam dobrar. Aí, ouvia o choro de seus Josés e a coragem brotava, saída do meio da fome, da secura da garganta.

Assim que avistou a cidadinha, começou a andar mais depressa, mais depressa, mais depressa.

Não soube bem como foi, mas se viu no meio de muita gente, mas muita gente mesmo, verdadeira multidão de desespero, de secura, de fome... Mães de tantos Josés já idos, de Josés a esperar... Mulheres, homens, jovens e até crianças. Gritavam tanto que achou que estavam todos realmente carecendo do juízo. Como ela, eram irmãos não de fé, irmãos na fome.

Antônia enfiou no saco, nem um pouco alvejado, aquilo que pôde pegar. Em meio àquela gritaria, não se importou com os gritos dos ambulantes.

– Segura essa gente! Tão saqueando tudo! Pega!

Se fosse preciso gritar para levar aquela comida, gritaria... Mas gritaria muito, sim, senhor.

Por entre duas mulheres esfarrapadas, pôde ver uns olhos tão vivos como os dela, brilhando no preto fosco...

Não... Aquela gritaria, aquele desespero estavam deixando seu miolo mais mole.

Escapou de ser pega por um homem tão grande, que mais parecia um armário, daqueles que avó Benta tivera um dia.

Correu. Correu amparada pelos seus três Josés... Correu até criar asa no pé e achar que tinha morrido, que tinha virado a quarta cruz no quintal, achar que virara um anjo grande. Decerto tinha mesmo virado. Continuava às carreiras, sem nem tirar nada do saco para matar a sua fome.

Decerto era mesmo um anjo, já que anjo nem sede nem fome tem.

Passou pelo açude seco de novo.

Tudo muito parecido... Lá ia aquele homem de saco... Quantos carregavam comida... Mulheres com a saia arregaçada... Essas tinham bem pouco.

Agora tinha mesmo certeza de que seus Josés eram anjos. Eles tinham lhe soprado no ouvido que fosse pra Cajueiro de Itapari e levasse o saco grande, aquele que ficava atrás da porta e que era de boa serventia quando iam à cidade pegar o feijão da prefeitura.

As pessoas iam se dispersando. Um seguia para cá, outro rumava para lá.

Antônia ajeitou o saco nas costas. O sol já tinha se ido há muito e foi aí que teve medo. O homem indo à frente podia querer tomar sua comida. Sem saber se apertava o passo ou se parava e ficava bem quieta, escondeu-se atrás de uma árvore, ou do que restara dela.

Abriu o saco, tremendo. Nem sabia o que pegara naquela correria de gente lutando por um pedaço a mais de vida.

Pegou uma banana. Nem sentiu o gosto direito. Olhou pra dentro do saco, pesado como a vida, ficou com dó de pegar outra. Pensou nos filhos.

Quando ia levantar para espiar se o homem do saco já tinha se afastado, ouviu um barulho.

Levantou devagarinho, rezando baixo. Uma sombra. Pronto. Agora tudo estava perdido mesmo. Seriam todos mais uma cruz no quintal, ela própria, a avó, a peste do marido que devia é de tá tomando uma branca na tapera do Nicola.

– Passa o saco, anda!

Não levantou os olhos. Sentiu que ia morrer. Mas, antes, haveria de lutar com o desgraçado da voz dura, ia lutar até virar cruz ali mesmo.

– Vai, vamo! – o coisa ruim falou.

Deu um salto e grudou no peito dele.

– Se teus filhos tá morrendo, eu já perdi três dele! – gritou com a voz mais poderosa e farta desse mundo de Deus.

Sentiu os braços do homem amolecendo. Ele tivera pena... Sabia o que era filho com fome, filho com sede, filho morto, mal sepultado...

– Dá aqui, muié... Anda, Antônia... Os menino e a mãe tão esperando!

Pela primeira vez, sentiu que a lágrima que escorria não queimava a cara seca, envelhecida. Pela primeira vez, sentiu um doce de rapadura na voz do marido... E aquela mão, quase com carinho, abraçando o saco de comida que ela também trazia, foi mais que um abraço gostoso, mais que uma noite de amor!

Inayê. Nome indígena. Sem palavras, Inayê. Vou torcer por você!

Natal a bordo (I)

Estavam chegando ao Brasil. Primeiro vieram os homens; depois viriam as mulheres e os filhos pequenos, se tudo corresse bem.

Ivo Vitti, Emilio Malagutti e Roberto Michelone. Três sócios num pequeno, mas próspero supermercado em Pádova, Itália. Tinham resolvido assim:

– Victor foi e se deu bem. Agora mandou buscar os irmãos. Por que não vamos também? Antonio fica cuidando de tudo. Assim que der tudo certo com Giuseppe nesse local que ele alugou, começaremos o negócio, e vem todo mundo.

Não fora assim tão fácil. Tinha toda aquela burocracia. A sorte é que, dos três, Emilio tinha se casado com uma brasileira, o que facilitava a coisa. Lurdes tinha vindo junto. Era a única que acompanhava o marido. Trouxera a filha Virginia Maria, mais todos aqueles baús, com seus pertences.

Quando o comandante do navio avisou que jantaria com eles, em plena noite de Natal, Virginia ficou radiante.

Lurdes aprontou a filha: vestiu-a com um lindo vestido de organza pura, bordado com inúmeras continhas peroladas. Colocou um lindo laço de fita nos seus cabelos dourados. Para si, escolheu um longo azul-marinho, presente do marido em seu último aniversário. Emilio, todo orgulhoso da família, vestiu seu *smoking*. O jantar pedia "traje a rigor". Era assim que gostava. Todos bem arrumados, comportados durante a ceia. Esperava, com certeza, ouvir da orquestra as suas músicas italianas prediletas... Árias de Verdi, principalmente de *Aída*, *Nabuco* e *La Traviata*. Desceram para a ceia. Estava tudo perfeito. Muitas frutas da época em arranjos belíssimos, pães em formatos diferentes, de todos os tipos. Toalhas de linho puro, guardanapos imensos, copos do cristal mais fino, talheres de prata de lei, porcelana inglesa. Ele sabia apreciar as coisas finas. Podia não ter acesso a elas constantemente, mas sabia apreciá-las e, principalmente, gostar daquilo tudo. Um dia, cochichou à esposa, ainda teriam tudo aquilo em casa, mas não somente em ocasiões especiais, tomando o maior cuidado em não danificar, e sim no dia a dia. Aí, sim, seria um homem realizado.

O comandante sentou-se junto aos cinco. Conversaram, tomaram champanhe francesa, da melhor qualidade. Falaram de seus planos, de suas futuras conquistas. O comandante, um francês muito simpático, Monsieur Jean, levantou um brinde à futura conquista dos italianos.

Às 20h30 começou o desfile de iguarias acompanhado pelas músicas prediletas de Emilio.

Um brinde, uma esperança, um beijo na esposa, um abraço nos companheiros, muito mais que amigos, irmãos na sorte e na coragem.

Depois de colocarem a filha na cama, voltaram para o salão e dançaram, como há muito não faziam.

Despediram-se do comandante. Já estava quase amanhecendo. À tardezinha, chegariam ao porto de Santos. Lá, encontrariam a família de Giuseppe, seu contato no Brasil. Giuseppe já havia enviado uma carta, conhecia um bom lugar na alameda Tietê. Precisavam começar a ver os frigoríficos, os fornecedores, enfim, uma série de coisas... E, principalmente, funcionários.

Dormiram.

Ao acordarem, começou a correria. Verificar isso, aquilo, e olhar para aqueles navios brasileiros que passavam ao largo.

Chegaram. O porto estava coalhado de gente. Os navios os saudavam apitando. Dia de Natal. Um bom dia para se começar uma vida nova.

Brasile. São Paulo. Terra de futuro, diziam.

Giuseppe estava lá. Correu para abraçá-los.

Vida nova.

Natal no pau de arara (II)

Não dava mais para ficar lá, não. O jeito, dissera à mulher e aos filhos, era pegar o pau de arara e seguir para a cidade grande, onde havia de ter uma chance de emprego... E emprego queria dizer comida.

Saíra de Quixadá, no Ceará, já nem sabia há quantos dias. Levava os últimos trocados, três mudas de roupa na mala de papelão, um pouco de rapadura, jerimum, paçoca de carne seca.

Não era muito de falatório, não. Nem com a mulher e os filhos. A vida não era para muito dedo de prosa. A vida era feita para o trabalho, e o trabalho, lá pelas bandas de Quixadá, parecia estar de par com a chuva: nada.

Dormia, acordava e descia com toda aquela gente apinhocada com ele no pau de arara para tomar um vento... quente como só.

Tinha pena dos pequenos que ficavam chorando no colo das mães, pedindo comida. Por várias vezes, partiu sua rapadura e deu um pedaço ao moleque choraminguento como ele de pequeno.

O motorista não tinha dó. Passava nos buracos das estradas empoeiradas. Tiveram de parar várias vezes pra consertar um tal de eixo. Nesse dia, tiveram de dormir na estrada, se acomodando como dava.

Naqueles bancos duros, cobertos pela lona rasgada, ouviu muita história. História de nordestino era tudo igual. Nada de novidade. Só mudava a quantidade de "morreu cinco" para "morreu dez". Até a fome era a mesma.

Algumas vezes pararam num desses botecos de estrada. Passava então uma caneca de água no pescoço, trocava a camisa para parecer mais limpo. Chegou a comprar uns pães já amanhecidos e a almoçar o prato do dia. Numa noite, depois de ter comido um prato de arroz com farinha, sentiu um grande nó amarrando o peito e a consciência. O pau de arara parou. Um filho de retirante morrera. Se de fome ou não, ninguém dizia. Era mais um que deixava de chegar a sei lá onde, se bom, se não.

Soube que o Natal estava chegando quando ouviu alguém lá da frente cantando:

Pinheirinho que alegria, lá lá lá lá lá lá lá lá lá... E o Natal que vem chegando, lá lá lá lá lá lá lá lá lá...

Alguém o cutucou.

– É música de "crente".

Gostou da música. Cantarolou baixinho. A música tinha avisado que o Natal estava perto.

Dormiu sonhando com o pinheirinho.

Rio de Janeiro. Era o que a placa mostrava. Não sabia escrever muito bem, sabia ler melhor. Não, não desceria para ir para o Rio como alguns. Iria mais para baixo. São Paulo. Era para lá que iria. Ouvira falar de São Paulo, tinha empregos, e emprego queria dizer comida. Depois que ajeitasse o emprego, um canto pra morar, mandava buscar a família. Tinha pressa. Queria um emprego bom, que desse para tirar a família da miséria, da fome, da secura.

O motorista parou o pau de arara.

– Vem cá, Quixadá.

Quixadá era ele. Acabara ficando com o apelido. Era o único de Quixadá.

– Ó – o motorista avisou –, chegando em São Paulo, tu procura esse malandro aqui que é danado de bom pra arrumar emprego pro cêis. Ele também veio de lá – mostrou, apontando pra cima, como se o Nordeste fosse no céu. – Esse é o lugar onde o cabra mora.

Quixadá agradeceu e guardou o papel no bolso da calça.

Não demorou muito e lá estava a placa: São Paulo.

O motorista levou mais de três horas para chegar com o pau de arara naquela cidade tão grande.

Quixadá, quando desceu, sentiu de novo a secura na boca. A mesma secura que sentira ao abanar a mão para a mulher e os filhos. Estava sozinho.

Quixadá. São Paulo. Terra de emprego.

Entrevista no Natal (III)

A jornalista chegou no horário previsto, assim como a tevê com todo aquele aparato.

Trinta anos de restaurante. Era o mais famoso de São Paulo.

Há exatamente trinta anos aqueles italianos haviam descido do navio que os trouxera. País bom, terra de gente boa, hospitaleira, risonha, comida farta. Tinham tido sorte, sim. Bons funcionários e o melhor *chef de cuisine* que alguém poderia desejar. Também, tinham ensinado tudo a ele: seus segredos, seus temperos de família. E ele, moço bom, interessado em aprender, tinha se esforçado ao máximo. Deviam a ele um bom tanto do bom nome da cozinha, da clientela fina, de gosto requintado. Era um restaurante cinco estrelas, considerado pelos críticos o melhor do país.

A jornalista começou a entrevistar o *chef*.

Nome?

Quixadá. Apelido que ganhara no pau de arara. É. Enquanto os patrões tinham vindo da Itália de navio, desembarcando aqui no Natal, ele viera de pau de arara, chegara morto de fome, fugindo da seca. Conseguira um lugar ao sol... Não no sol castigante da seca, que rachava o rosto, os pés, que rachava a garganta, levava filho. Esse lugar ao sol era mais justo, lugar bom, de onde tão cedo não sairia. Com ele agora trabalhavam vários parentes que trouxera aos poucos: um, ajudante de cozinha, o outro, garçom conhecido até dos políticos, e o irmão, agora *maître*.

César Augusto. Guardaria bem esse nome. Terceiro do ensino médio. Parece que estive no mesmo navio, no mesmo pau de arara,

César. Senti sede, olhei a comida boa daquele restaurante. Acho que você mostrou os dois lados da sorte, os dois lados da procura. Fome por uma outra vida num outro país; fome, mesmo... Fugir da seca... E por que não, encontrar um lugar sem ser as construções, o trabalho escravo às vezes, onde o lavabo que o nordestino constrói é até maior que o seu próprio barraco!

Quisera que assim fosse com tantos "Quixadás" que vêm para São Paulo, César!

Festa no palácio

– Meu povo de Trucuxi do Norte, eu prometo que vou combater a seca. Vou também criar empregos em frentes de trabalho. Vamos investir 280 milhões de dólares para acabar com os problemas da estiagem...

Aplausos.

– Vou distribuir água e cesta básica para esse povo tão sofrido, tão esfomeado...

Aplausos.

– Se eleito, a barragem no rio Tucurupe vai ser um projeto faraônico.

Aplausos.

– Vou irrigar a terra, vou...

Aplausos.

O governador é eleito, assim como o prefeito, seu amigo.

Trucuxi do Norte espera pelas mudanças.

– O homem prometeu. Cês vão ver, isso aqui vai mudar do seco pro molhado, do esfomeado pro satisfeito – as pessoas comentam.

O homem prometeu.

Acontece que também há outras prioridades. As sacolas dos fiscais de saúde. Eles precisam de sacolas novas. As antigas não estão em bom estado. E as bicicletas, então? Nossa, são do início do século! Para fazer um bom trabalho de controle das doenças contagiosas, eles precisam de um bom uniforme que os identifique melhor. O uniforme antigo era igual ao dos carteiros. Não desmerecendo os carteiros, eles não podem ser confundidos com os fiscais, concordam?

Nas últimas reuniões do governador com seus secretários, muita coisa porém ficou acertada:

As mulheres dos secretários criariam a UMS (União das Mulheres dos Secretários), que se reuniria uma vez por mês para um debate sobre a atual posição da mulher nordestina na sociedade;

As mulheres dos prefeitos criariam a LBVMP (Legião da Boa Vontade das Mulheres dos Prefeitos). Ficariam com a parte mais difícil da coisa, que seria organizar jantares para fundos destinados aos nordestinos;

As mulheres dos vereadores criariam o CCN (Centro de Culinária Nordestina), onde ensinariam o trivial fino às coitadas sofredoras nordestinas.

Governador, secretários, assessores dos secretários, prefeitos, assessores dos prefeitos, mulheres e assessoras ficaram cansadíssimos de tanta criação extraordinária e decidiram que a verba iria para essas três recém-criadas... como eram mesmo os nomes?

Decidiram que por uns dois anos não poderiam, de forma alguma, tratar de outro assunto.

– Que tal um jantar de confraternização, senhor governador?

– Um por semana, e chega! Não quero gastos! Precisamos dar prioridade à seca, fome, educação, saúde.

– Podemos pelo menos decidir o cardápio?

– Sem exagero, sem exagero – pediu o governador, impecável num terno de linho branco, soltando baforadas de seu charuto Havana.

Antes, porém, de se despedir de todos, o governador perguntou ao secretário do Planejamento qual seria a "pauta do jantar".

– A fome dos flagelados, sem dúvida, governador – disparou o secretário da Habitação.

– Ah, bom! – disse o governador, sossegado, tirando dos pés os confortáveis sapatos de couro de jacaré e partindo descalço (a marca do seu compromisso com a população de que seria um descalçado), já com seu chapéu de couro na cabeça.

Sexta-feira. O palácio do governo recebia os convidados, enquanto, pelas portas dos fundos, mais de quinze caminhões refrigerados desembarcavam quilos e quilos de frutas. Lá dentro, é claro, as lagostas já se encontravam a postos, para quem sabe, juntas, discutirem a fome dos flagelados.

No meio da comilança, entretanto, ouviu-se um barulho.

Galope de mula não era... Muito menos de elefante...

– Governador, acho melhor... – um garçom tentou avisar.

– Não interrompa, Gladstone.. O governador vai começar o discurso.

O discurso não começou. Os flagelados, aqueles que seriam citados, atacaram a festa.

Afinal, a festa era deles ou não? O assunto, pelo menos, era.

Atraídos pelo cheiro lá de fora e pelo zum-zum-zum de boatos da cidade, não iriam esperar por sobra alguma. Discurso não enche a pança de ninguém.

Puxa, Paula! Acho que isso tem acontecido muito.
É, ia ter de separar mais esta também!

Fome no Rock

Passei fome no Rock in Rio deste ano. Acontece que os meus pais não me deram grana pra ir, disseram que ia rolar droga e tal e muito rock. Rolou rock, claro, só faltava não rolar, né?

Ficamos dois dias zanzando, feito meninos de rua. Acabei voltando porque o dinheiro acabou e eu estava morrendo de fome.

Obrigada a falar sobre a fome

SOU OBRIGADA A ESCREVER? NÃO ESTAMOS NUMA DEMOCRACIA? A NÃO SER QUE GANHE UM PONTO POSITIVO!... AÍ EU FALO DA FOME!

ALÉM DO MAIS, EU JÁ TROUXE O QUE O COLÉGIO PEDIU NA CAMPANHA CONTRA A FOME.

Não, Lílian, você não é obrigada a falar sobre a fome. O regulamento é bem claro: participa quem quer. De qualquer forma, acho que devemos mudar esse negócio do “se fizer, ganha ponto positivo", você não acha? E, além do mais, trazer um pacote de não sei o quê pra não sei quem não era obrigação. É conscientização!

Fome de companhia

Sou feio. Ninguém olha pra mim. Ninguém conversa comigo.
Não estou preocupado com a fome. Pelo menos por enquanto.
Quero namorar alguém para matar a minha "fome de amor".

Esse aqui está no mesmo barco que eu. Apesar de não ter nada a ver com o concurso, ele tem uma fome... igual à minha.

Só fome?

Sabe o que eu acho? Que as pessoas não têm só fome, não. Elas não têm moradia, não têm água encanada, não têm emprego, luz, escola, hospitais, creches.

Eu poderia fazer uma relação bem grande do que eu acho que elas não têm, mas eu acho que é importante que eu diga o seguinte: essa campanha que o colégio está fazendo, por exemplo. Achei muito bacana o que aquele cara falou lá na missa, fiquei até com nó no peito, mas a gente só está arrecadando comida. E a higiene, fica onde? Acho que ficou faltando o tal do "básico": sabão, sabonete (ou eles não tomam banho?), papel higiênico, lençol (será que eles têm colchão? Duvido!), água sanitária (a televisão mostra a pessoa deixando legumes e verduras de molho em água sanitária, mas pobre mesmo vai comprar como?), entre mais um montão de coisas. Quer ver mais uma? Coisas para um curativo.

Sabe que esse menino tem razão? Ninguém lembrou da higiene! Bom, o mínimo que eu posso fazer é colocar isso para a coordenação da campanha.

Bem lembrado!

Sem resposta

Com tanta gente morrendo de fome, se desperdiça comida. Quer ver? Deu no jornal.

Em armazéns públicos de Santa Catarina, 60 mil toneladas

de feijão estão em fase de apodrecimento. O artigo diz que essas 60 mil toneladas dariam para abastecer 60 milhões de brasileiros – com um quilo para cada um. Daria para distribuir, não é? Apenas uma hipótese, já que o feijão está apodrecendo.

Outra:

Numa cidade da Bahia, estava sendo servida à população carente uma carne de bom sabor. As pessoas que ficavam nas filas para receber a carne disputavam a tapas por quantias maiores do que as estipuladas pelo serviço social. Quando souberam que a carne era de bode, ficaram horrorizadas e deixaram de comparecer ao posto de serviço social. Uma das pessoas entrevistadas disse que foi enganada. Se soubesse que era carne de bode, não teria comido de jeito nenhum.

Mais uma:

O passatempo das crianças na Escola Marcelino Pontes de Moura, durante a merenda que é servida às onze horas, é separar os carunchos que "acompanham o feijão".

Uma das crianças, ao ser entrevistada por um jornalista, disse que está aprendendo a somar.

– Sabe, tio, a gente tem um pouco de nojo, mas quando eles estão mortos de verdade, a gente vai separando e contando. Quem tem mais é o "premiado" e tem de recitar uma poesia. A gente não gosta quando eles estão vivos e ficam mexendo. Aí eu tenho um pouco de nojo. Quando tem muito, muito mesmo, aí eu fecho os olhos e como, porque se ficar separando o sinal bate e a professora fica brava se chegar atrasado.

Quer mais?

Homens-gabirus, crianças-semáforo. Mais?

Se a escola não tem merenda, a criança não vai à escola. Ela tem fome de comer, para depois ter fome de aprender.

Mais?

Arroz-doce comprado pelo governo por 1.000% a mais do que o valor do mercado para a merenda escolar!

Mais?

Produtos industrializados, do tipo leite com chocolate, biscoitos... Tudo a ver com a alimentação do esfomeado?

Parece que não precisamos gastar com comidas desse tipo. "Muito melhor um arroz com feijão; dá mais 'sustança'" – reclamou um esfomeado.

Mais?

Trinta mil toneladas de alimentos apodrecem nos armazéns do Brasil. Quinze mil toneladas tiveram de ser enterradas porque se estragaram. Prejuízos? Imagine! Nenhum!

Mais?

Inocêncios Poços da Seca.

A fome dos brasileiros não terá solução enquanto não se criar um programa que trate de distribuir uma parte da "nossa" riqueza entre os menos favorecidos.

Pareço estar falando como político? Como um "comuna"? Paciência.

O que não posso ficar é de olhos fechados fingindo ver fome apenas na Etiópia, sendo que a fome que eu não vejo na televisão via satélite, através de um correspondente lá fora, está bem aqui na minha frente. Posso não estar vendo agora, mas posso senti-la, já que é a fome dos meus irmãos brasileiros.

Isso que você escreveu, Augusto, mexeu comigo. Depois dessa, vamos ter de sentar e conversar, certo? Eu, você e muitos dos seus colegas que estiverem interessados em "arregaçar as mangas".

Fome no vizinho

Moro num condomínio fechado, não muito longe daqui. Parece lugar de gringo, sem cercas, cheio de árvores, flores.

Sei que é feio bisbilhotar, mas não posso deixar de contar o que ouvi e vi ontem: a empregada (uma das) do meu vizinho passa fome. Explico: passa fome na casa do patrão! Acredita que eles fazem uma comida separada para os empregados? A Márcia, essa empregada, me contou. Ela estava lá em casa tomando café com leite à tarde com a Vanice, nossa empregada. Aí, quando ela começou a abrir o jogo, eu sentei e fiquei ouvindo tudo.

– Arroz e ovo frito. É verdade, gente. Quinze dias no ovo. Eu tô que não aguento mais. Tenho trazido um pouco de casa, mas em casa também tem pouco, né? E depois, ó, se fosse qualquer um, mas o patrão é deputado! Aposto que ele vai se candidatar de novo, esse miserável, que trata a gente feito cachorro! E pensar que ele escapou da tal da CPI – ela suspirou. – Sabe a maior? Eles deram uma festa ontem que foi de matar. Trabalhei até as quatro da manhã. Tinha tudo quanto era comida grã-fina, mandaram vir o camarão lá do Nordeste. Vocês não viram até helicóptero?

A gente tinha visto mesmo. Eu tinha. Mas ali na casa do deputado sempre dava de tudo um pouco, daí eu nem liguei. Helicóptero era o de menos.

Me fiz de interessada e comecei a perguntar mais coisas para a Márcia, antes que a minha mãe chegasse e pusesse um fim no que ela chama de "fofoca".

– Foi aniversário? – perguntei.

– Não. Ele estava comemorando... Como é que chama mesmo?... Ah, um programa de distribuição de cestas básicas. Cestas básicas, vê se pode, ele não dá comida nem pra gente...

A Vanice arregalou os olhos:

– Ele vai distribuir essas cestas pra que lugar? De repente é até pra alguma creche que está precisando, Márcia.

– E esse homem dá ponto sem nó? Na hora que eu ia servindo os convidados, ele estava fazendo aqueles discursos bestas dele. Ouvi, com estes ouvidos que a terra há de comer um dia, que ele vai mandar tudo o que arrecadar pro Lar Comunitário Irmã Lazinha, e vai avisar uma tal de "mídia". Deve ser alguma madame importante de coluna social!

Acabei dando risada da "mídia" da Márcia. Agora, que é o fim da picada, ah, isso é. Tudo para esse Lar Comunitário. Aposto que o deputado vai até fazer um comício superpoliticamente incorreto na porta do Lar, chamar tevê, rádio e jornal para noticiar o fato, sendo que, na casa dele, ele nega pão aos próprios empregados.

Se a filha dele não estudasse no mesmo colégio que eu, na mesma classe e do MEU LADO, eu levantava agora e puxava um comício contra o pai dela, que está fazendo das cestas básicas uma verdadeira politicagem! Esse deputado está mais que envolvido em falcatruas! Ele é dono de uma empresa alimentícia,

> de um supermercado (caríssimo) aqui perto, de cinco fazendas e de uma agência de turismo. Esteve envolvido na CPI, mas não foi preso, não. Acredita que depois da CPI ainda desviou verbas para uma instituição fantasma? Cara de pau de fazer um comício choroso na missa da campanha de arrecadação de alimentos! Um hipócrita é o que ele é!

Li e reli umas cinco vezes essa redação. Não parecia ficção. A aluna, Cristina, tinha acabado de escrever sobre algo muito sério: desvio de verbas, falcatruas! Que pena eu não ter assistido à missa. Estava curiosa pra ver a cara do deputado.

Fiquei pensando, pensando. Olhei a redação de novo: a aluna era do primeiro ano B! Era da minha classe! O que tinha naquela redação que me deixava encanada? Alguma coisa, mas o quê? Alguma coisa... Alguma coisa estranha... Alguma coisa familiar! Era isso! Eu já tinha lido isso antes! E na escola!

Olhei a agenda. Amanhã eu não teria aula naquela sala. Daria as minhas quatro aulas e depois iria para a editora. Já havia lido algumas redações, separado umas outras, e separaria, sem sombra de dúvida, essa "Fome no vizinho".

Fui para o chuveiro. Deixei a água escorrer pelo meu rosto, enquanto eu ficava ali, parada, pensando. Rosemeire, Rosemeire... Você e as suas redações.

Saí do chuveiro e caí molhada na cama. Estava com fome. Como poderia pensar em comer com tanta redação esfomeada? Por que o editor não tinha escolhido um título mais ameno?

Dormi. Acabei tendo pesadelos. Sonhei que estava sendo perseguida por dois homens. Um era o Carlos! Sonho mais esquisito.

Por onde andaria o Carlos? Isso também era muito, muito esquisito.

Acordei cedo demais. Isso me dava tempo de sobra para um café, passar uma roupa e me preparar para as aulas. Coloquei as redações que havia separado em uma pasta maior.

Fui de ônibus, pra variar. Uma verdadeira viagem, uma maratona. Alunos, trabalhadores, empregados, empregadas, metalúrgicos, bêbados, famintos, sonolentos, esquecidos, professores, entre tantos outros anônimos.

Um bom-dia para os meus colegas, um alô para a Regina e pronto. Começaria minhas aulas de História.

Nem sei direito sobre o que falei. Estava superaflita para chegar a hora do almoço e ir para a editora. Já tinha boas redações em mãos e queria conversar com o Roberto sobre elas.

Peguei um táxi para chegar mais rápido, só que acabei chegando tarde demais: 12h30 e todos haviam saído para o almoço.

Ficção ou realidade?

Resolvi voltar pra casa.

No caminho decidi que conversaria com a Cristina, a vizinha do deputado.

Como uma pessoa que faz tudo isso ainda pode ficar solta?

Acabei tomando um remédio pra dor de cabeça e, depois de tomar uma sopinha, fui deitar mais cedo do que o costume. No dia seguinte daria um jeito de descobrir quem era a minha aluna Cristina, e aí perguntaria pra ela se o que tinha escrito era real mesmo. Curiosidade, fofoca, fosse o que fosse, queria saber mais alguns detalhes.

Dei um boa-noite para o Holerite e caí na cama.

Pronto. Manhã nova, cara nova. As minhas "minhocas", no entanto, eram as mesmas.

Banho, café da manhã, ponto de ônibus, ônibus, colégio, sala dos professores, sinal.

Entrei no primeiro B. Durante a chamada, havia feito na caderneta um círculo em volta do número da única Cristina da classe. Depois da chamada, comecei a corrigir alguns exercícios na lousa.

Pedi a um aluno que continuasse. Enquanto isso, fui até a carteira da Cristina. Perguntei, bem baixinho, pra que ninguém nos escutasse, se a redação que tinha escrito era real ou não. Ela quis saber o porquê do meu interesse. Expliquei que notara que tinha escrito bastante. Ela respondeu que era realidade!

Mais tarde, quando ia passando pelo jardim, avistei a Cristina sentada num banco. Ela me viu e se aproximou.

– Professora, preciso falar com a senhora.

Pronto. Eu era toda ouvidos.

– Sabe, quando a senhora perguntou se o que eu tinha escrito era realidade, achei até que tivesse lido antes de entregar pro pessoal do concurso... – ela continuou.

– Na verdade, eu li – resolvi confessar, pelo menos em parte, a minha leitura crítica.

– Meus colegas contaram que a senhora conseguiu entregar pra polícia dois traficantes de drogas...

– Não foi bem assim...

– Não?

– Bom, foi mais ou menos... Cristina, eu estou tendo um sério pressentimento de que vou me meter numa outra encrenca... Dá pra você descer até o pátio comigo?

Ela concordou.

No estacionamento principal, tive meu primeiro ataque.

– Onde estão os não perecíveis que o pessoal está trazendo? – perguntei, ao olhar o ginásio de esportes vazio.

– Devem ter vindo buscar – Cristina deu de ombros.

– Cristina, dá uma olhada naquela faixa lá em cima da árvore – falei. – Embaixo... Veja, eu sabia que tinha lido isso em algum lugar, só que era pequeno demais pra eu me lembrar!

– LAR COMUNITÁRIO IRMÃ LAZINHA! Professora, aí tem o dedo do deputado, meu vizinho! Foi ele que fez da missa um comício e são dele os caminhões...

– Que caminhões? – gaguejei.

– Os caminhões que a escola emprestou pra levar os não perecíveis para...

– O LAR COMUNITÁRIO IRMÃ LAZINHA! – gritamos juntas.

Rosemeire, por que você nunca fica de bico fechado?

Quando vi, já estava marcando um encontro com a Cristina.

Ela se despediu alegremente, como se o nosso próximo encontro fosse um piquenique.

Resolvi não contar pra ninguém mais esse "causo". De repente não era nada, o deputado estava fazendo politicagem, mas estava entregando tudo certinho.

Subi até a sala da Regina e, como alguém que não quer nada, comentei:

– A campanha e o concurso estão indo superbem, não?

– E como! Menina, você precisava ver como arrecadamos mantimentos. O pessoal do bairro acabou se envolvendo tanto que tivemos de pedir mais caminhões para o transporte.

– Vai tudo pra um lugar só ou vai ser distribuído por vários lugares? – perguntei e engoli em seco.

– O pai de uma de nossas alunas fez um levantamento sério, Rosemeire. Achamos que escolheu um local realmente necessitado.

Agora eu iria perguntar. Era tudo ou nada:

– É um pai que é deputado, parece...

– Não – ela franziu a testa.

Como, não? Que pai seria esse então?

Ai, Benedito! Ai, Rose!

Almocei na cantina da escola. Em seguida, peguei um ônibus para a minha casa.

Quando cheguei ao meu apartamento, Holerite já estava esperando por mim. Cuidei do meu meio-gato, espiei pra ver se o Carlos havia chegado. Nada.

Teria novidades pra contar à Cristina amanhã. O pai que fizera o levantamento de lares, favelas e creches não era o deputado. O que a gente faria?

CPI em casa

Acordei, pra variar, com o Holerite em cima da minha barriga. Adiantei todo o meu expediente e fui para o colégio.

O assunto "fome" estava ainda bem fresco na cabeça dos alunos. Fui interrompida várias vezes durante a aula com perguntas do tipo:

– A senhora assistiu ao *Programa de Terça*, professora? Viu que dados de 2009, da ONU, mostraram que os gastos com armamentos ultrapassaram 1,5 trilhão de dólares no mundo?

Respondi que não tinha assistido, não, mas que eu sabia que as despesas militares eram enormes e estavam aumentando dia a dia.

– A senhora acha isso justo? – o aluno continuou.

Era evidente que não. Seria tão bom se esse dinheiro fosse gasto em alimentação!

Uma das alunas falou que o programa mostrou também que boa parte dos cereais produzidos é usada para alimentar o gado. Continuou o comentário dizendo que na fazenda dos pais dela a quantidade de cereal era enorme e que ela tinha até vergonha de falar disso.

– Enquanto o gado come, crianças morrem de fome! – completou.

Quando saí da classe, Cristina já estava me esperando.

– Tudo certo? Podemos ir hoje mesmo? – ela perguntou.

– Como é que você vai fazer? Vai inventar uma desculpa pra não almoçar em casa?

– Mas nós vamos almoçar em casa. A Márcia está lá desde cedo. Disse que a patroa e os filhos apanharam do deputado e, antes que sobrasse pra ela, ela despencou lá em casa. Meus pais telefonaram do Rio. Eles só vão voltar daqui a quatro dias, portanto, tá limpo! Teremos uma mini-CPI em casa.

– Cristina, um interrogatório com a moça? E você acha que ela vai contar alguma coisa importante?

– Só conversando pra saber, né?

Ela tinha razão. Que tinha coisa ali, isso tinha.

Fomos pra casa da Cristina com o motorista dela. Não fomos conversando muito pelo caminho. Um pouco de sigilo ia bem.

Quase caí pra trás quando nós chegamos ao condomínio. Um lugar maravilhoso, com casas cinematográficas, pessoas muitíssimo bem-vestidas.

Cristina dispensou o motorista.

Fomos direto pra cozinha, onde conheci a Vanice.

– Vá, essa é a minha professora Rosemeire. Cadê a Márcia? – Cristina perguntou.

– Você nem acredita. Um moço, acho que era assessor do deputado, apareceu aqui e levou ela de volta.

– E você não fez nada pra impedir, Vanice?

– De que jeito? Ela mesma não disse nada, não reagiu.

– Que estranho...

– A coisa tá ficando séria, Cristina. – Puxei uma cadeira.

– O que vocês iam fazer? – Vanice perguntou.

– Simplesmente estamos desconfiadas de que o deputado vai desviar pra uma dessas instituições fantasmas dele o que a escola e o bairro arrecadaram pra campanha contra a fome. Lembra das fofocas daqui do condomínio?

– Ih, se lembro... só não sei como esse cara ainda não foi preso. Meu irmão, que não fez nem um tiquinho perto dele, tá em cana até hoje!

Cristina pediu a Vanice que fizesse um lanche rápido pra gente.

– Cristina, dá pra gente ver a casa do deputado? Sei lá, de alguma janela, ver se a moça está lá...

– Por quê? Algum pressentimento?

– Será que ela não sabe demais? Senão ele não mandaria alguém vir aqui buscar a moça!

– Dá uma olhada da janela do meu quarto... Sobe aqui.

Subimos. Não posso dizer que não reparei na escada de mármore, nos tapetes persas, nos móveis. Da janela do quarto da Cristina, pude ver a casa do homem, e só. Minto. Alguns carros na garagem.

– Precisava conversar com a moça... Ela poderia falar do Lar, de alguma coisa, algum indício... Esse local não consta em lugar nenhum, nem na internet, nem na lista telefônica, Cristina. Eu chequei lá na escola – suspirei.

– É fria, eu não disse? – Ela sentou na cama.

Vanice nos chamou.

Enquanto comíamos um rosbife, Vanice sentou no meio da gente e disparou:

– Se vocês querem mesmo investigar esse Lar aí, acho que a coisa é comigo.

– Como? – Nós duas perguntamos, espantadas.

– Esse Lar existe, sim, e eu sei onde fica. A Márcia me contou.

– E por que você não contou antes? – Cristina perguntou.

– Você não pediu...

– E você sabe como é que é esse Lar, Vanice?

– Sei. É um abrigo pra criança de rua. Eles cuidam, dão comida, um monte de coisa. Mas a Márcia me disse que é fachada.

– Para o quê, por exemplo? – Engoli a carne em seco.

– Não sei. Ela estava nesse pedaço quando o moço apareceu aqui e a levou de volta.

– Dá pra você ir até lá, sei lá, pra pedir alguma coisa emprestada e verificar se a moça está bem? – pedi.

– Posso tentar... Tudo bem, eu vou.

Ficamos esperando. Disse à Cristina que eu iria até o tal Lar. Era o fim da picada recolher alimentos e enviar para uma creche que servia de fachada pra politicagem ou safadeza de um deputado inescrupuloso. Estava agora bem certa de ter lido o nome dele nos jornais, mas parece que não provaram nada contra ele.

Cristina bateu o pé e disse que iria comigo:

– Afinal, fui eu que levantei a lebre, Rosemeire! Vou com você e está acabado.

– Primeiro vamos saber da nossa amiga Márcia, onde é que foi parar.

Pronto. Lá estava a Vanice com um olho desse tamanho, boca escancarada.

– Gente, nem sombra da Márcia. Sabe o que a arrumadeira falou? Que foram todos pro Guarujá e que a Márcia foi ver a mãe dela e não se sabe quando volta.

– E agora? – Cristina olhou pra mim.

– Onde mora a mãe dela? – Levantei, já disposta a ir atrás da mãe da moça.

– Acontece que ela não tem mãe!

Pronto, Rosemeire. Lá ia você de novo. E arrastando uma aluna pra um monte de confusões. Ou não?

Depois de pegar o endereço do tal Lar com a Vanice, combinei com a Cristina que iríamos fazer uma "visitinha" surpresa ao local só na tarde seguinte. Por incrível que parecesse, já passava das três e meia da tarde e eu não podia ir assim de uma hora pra outra. Deixaríamos para a tarde seguinte, logo depois do almoço.

Me despedi das duas, recusando a oferta de carona do motorista. Queria ir pra casa pensando, refletindo. Tinha uma desaparecida na jogada... E queria que a aluna ficasse fora dessa que me parecia mais uma encrenca.

Cheguei em casa e fui pro chuveiro. Enquanto tomava banho pensava no que tinha lido sobre o deputado na redação de Cristina. Pensei também no que não ficava sabendo, no que sabia somente pela tevê, pelos jornais. Hoje, pela primeira vez na vida, tinha estudado uma geografia que não tinha aprendido na escola, na universidade. Tinha aprendido a geografia da malandragem, da maracutaia.

Dei ração pro Holerite e, literalmente, caí na cama.

Professora-detetive

Acordei tarde, no fim da manhã. Sorte não ter aula na quinta-feira, senão ia precisar de uma boa desculpa no colégio.

Pensei em telefonar para o editor da Jovem, mas resolvi que ir com a Cristina até o bendito Lar era um assunto meu.

Enquanto me trocava, pensava no que ia dizer lá no Lar:

– Vim fazer uma inspeção... Viemos fazer uma doação... Não. Poderíamos dar uma olhada no livro-caixa? Também não.

Enquanto tomava meu café com o Holerite, resolvi que me apresentaria como assistente social. Se colaria ou não, eu não sabia. Ia pagar pra ver.

Peguei o metrô e depois um ônibus. Mais quarenta e cinco minutos sacudindo e pronto. Saltei.

Fui andando num sol escaldante até chegar à casa da Cristina. Ajeitei no jaleco o crachá que peguei "emprestado" de um ciclo de debates e no qual escrevi "Assistente Social Rose", respirei fundo e subi até a guarita do condomínio. Depois de identificada etc. etc., o guarda tocou o interfone da casa da minha aluna. Em cinco minutos a Cristina estava na portaria do condomínio, de motorista e tudo.

– Entra aí, Rose.

– Achei que a gente iria de ônibus.

– O Eusébio espera a gente por perto. O que é esse crachá aí na sua roupa? – Ela riu. – Isso aqui não é livro policial, professora!

– Pode colar, não pode? E, afinal, que desculpas vamos dar para entrar, se é que o Lar existe?

– Tem razão!

Cristina deu o endereço para o Eusébio, bendito, e lá fomos nós, conversando sobre o desaparecimento da Márcia.

– Lembra de um caso de queima de arquivo de uma cunhada de deputado no ano passado? – falei, cismada. – A moça podia saber de outras coisas.

– A cunhada não apareceu em Nova Iorque? – Cristina deu risada como se estivesse falando de frivolidades.

– Uma cunhada apareceu. Mas a outra cunhada, a que sabia de muita coisa, sumiu até hoje. Sabe o que é estranho, Cristina? A Regina disse que quem indicou o Lar não foi nenhum deputado, não.

Enquanto conversávamos, o motorista ia cortando a cidade de São Paulo praticamente ao meio.

Eu nem sabia em que bairro estava, até que o Eusébio disse que era um local chamado Jardim do Ramo.

– Pelo endereço que a Vanice deu, o lugar é aquele ali – Eusébio apontou.

– Para o carro aqui, Eusébio. Se você puder esperar a gente, eu agradeço – pedi. – Cristina, você fica aqui e eu vou até lá.

– Nem morta!

– Pois então eu vou pra casa – ameacei.

Seria difícil convencer essa minha aluna nova, cabeça-duríssima... Tanto é que não consegui. Descemos do carro e fomos em direção ao Lar Comunitário Irmã Lazinha.

Uma fachada em granito. Puxa, que maravilha para uma creche. Mas o nome "creche" não constava na fachada do prédio. A única coisa que constava era um número.

Apertei o botão do portão eletrônico. Dali de fora não dava pra ver nada.

– Sim? – uma voz feminina respondeu.

– Assistente social Rosemeire...

– E Cristina.

– Como? Rosemeire Cristina? – a voz estranhou.

Dei uma cotovelada na minha aluna de língua solta. Ela devolveu com outra, apontando para o alto. Na guarita vazia, pude ver uma câmera de tevê. Estávamos sendo observadas! Eu não acreditava!

– Qual o assunto?

Agora eu estava frita. Jamais teria acesso a esse local que era tudo, menos creche.

– A verba do Ministério... Ele sabe.

Quando vi, já tinha falado e o portão se abria maravilhosamente pra nós.

Entramos. Nada ali parecia lembrar uma creche. Crianças, onde? Uma moça apareceu.

– Vocês marcaram hora com ele? – ela perguntou.

Olhei a figura. Uma moça de uns 25, 26 anos, uniformizada, com uma agenda na mão.

– Marcamos! – exclamei com segurança.

– Falaram com quem? Comigo não foi. – Ela parou no caminho. – Não me lembro de nenhuma Rosemeire.

– Qual o seu nome, minha filha? – perguntei de supetão.

– Eunice.

– Eunice, preciso falar sobre a verba e tem de ser agora. Nós temos outros assuntos pra resolver hoje, certo?

Ela nos conduziu por um corredor e nos apontou uma sala. Pediu que esperássemos lá e disse que o secretário particular "dele" nos atenderia.

A sala tinha ar-condicionado, móveis modernos, mas um certo ar de abandono. Algumas caixas de papelão fechadas, colocadas umas sobre as outras, num canto da sala, contrastavam com tudo ali. Não vimos nem a sombra de uma criança, nenhum gritinho, nenhum brinquedo. Parecia até estar ouvindo latidos.

– Cachorros, Cristina!

– É. E acho que são muitos.

Olhei em volta. Ninguém. Nenhuma câmera de vídeo. Subi na poltrona de couro e olhei pela janela. Nossa! Lá fora, do lado esquerdo da sala, havia um canil enorme. O que tinha a ver com uma pretensa creche? Nada!

– Cristina, tem um canil lá fora! Isso aqui não é creche coisa nenhuma!

– Rose, quero ir ao banheiro!

– Agora não é hora. Precisamos pensar em alguma coisa.

– Ali tem uma porta. Espera aí que eu já volto. – Ela correu, apressada. Antes que eu pudesse puxá-la pelo braço, a porta da sala do secretário se abriu e uma pessoa falou lá de dentro:

– Queira entrar, por favor.

Gelei. Onde é que a Cristina estava?

– Por favor, entre – pediu de forma autoritária um homem baixinho, de cabelos pintados de azul-marinho, terno de linho, camisa cor-de-rosa e gravata estampada.

Entrei.

– Sente-se, por favor. – Ele apontou uma poltrona.

Dei uma olhada na sala. Atrás dele havia um quadro do governador e um do presidente da República. Achei que ele poderia ser o próprio deputado.

– A senhora queria falar com o deputado.

– É, com o senhor mesmo – falei bem séria, olhando nos olhos dele. – Aprendi que se fala sempre com o mais importante – alisei o ego do fulano – e não com subalternos.

– Tem razão – ele respondeu secamente. – Qual o motivo da visita?

– O depósito que o senhor ficou de fazer... – comecei.

Meu Deus, o que eu tinha dito? Que depósito? Tinha de ter um, tudo bem, mas e se ele perguntasse pra quem? Eu era uma louca. De pedra. Sacramentada, juramentada.

– Bem, o ministro avisou que mandaria alguém aqui para resolver o assunto, mas não pensei que fosse mulher – ele desconversou.

– Ele costuma fazer um rodízio dos seus assessores... Para evitar, o senhor sabe, gente que quer nos derrubar.

– É justo. É muito justo. É justíssimo.

– E, além do mais, sou parente.

– É, ele é como eu. Só emprega parente. Assim fica na família. Qual o seu nome mesmo, minha filha?

– Rosemeire.

– Você me dá licença um momento, Rosemeire? Nessas circunstâncias, com tanta gente achando que, você sabe... vou dar uma ligadinha pra ele pra dizer que você está aqui. Coisas de praxe. Rosemeire do quê, mesmo?

– Rosemeire, sobrinha dele. – Congelei até o dedo do pé.

Ele levantou-se de sua enorme poltrona.

– Droga! Cadê o meu celular?

Apertou um botão e chamou a secretária:

– Dona Eunice, por favor, meu celular está aí? Hum... Ligue pra "ele" e diga que a sobrinha dele, a Rosemeire, está aqui. E tem um crachá de assistente social. Assim que confirmar, traga um café para a senhora e o meu talão de cheques. Sim, claro, o talão do Banco Safus S.A.

– Senhorita – corrigi.

Ele se levantou e, enquanto tirava o paletó para colocar nas costas da poltrona, reclamou, ficando de costas pra mim:

– Detesto quadros tortos!

Tive um momento de loucura e passei a mão num livrinho preto que vi bem na ponta da escrivaninha, enfiando-o na minha bolsa. Num momento de lucidez, pedi, assim que ele acabou de "desentortar" o governador:

– O toalete, por favor? Quero passar um batonzinho...

– O das senhoras é ali fora, por favor, senhorita – ele indicou uma porta, que, para a minha quem sabe salvação, era a mesma por onde tinha entrado a Cristina.

Entrei no toalete. Nada da minha aluna. Tomei um gole de água da torneira mesmo. Espiei pela fechadura. A tal da Eunice estava com o celular na mão e entrou no gabinete do deputado.

Saí do toalete pé ante pé e quando já ia colando o ouvido à porta, as unhas dos meus pés também congelaram.

– Mandou seu sobrinho? Se chama Carlos? Então essa mulher é uma im...

Não esperei para ouvir o resto. Eu era uma impostora correta e fujona.

Corri pra fora o mais rápido que pude. Onde é que a Cristina tinha ido parar? Meu Deus! O que eu tinha feito? Portão fechado. Latidos. Eles tinham soltado os cachorros.

Enquanto corria, pude sentir até o bafo dos cães – pastores-alemães – nas minhas pernas.

Não sabia que era séria candidata nas próximas Olimpíadas a salto em altura. Praticamente voei sobre o portão e caí na calçada. Ouvi vozes. Levantei depressa e, mesmo sentindo uma dor enorme na perna, saí correndo.

– Rose, pelo amor de Deus, entra aqui! – Ouvi a voz da Cristina.

Deus, entrei no carro a tempo, entre feliz por encontrar a minha aluna e o Eusébio, e completamente estupefata ao ver o Carlos caminhando na calçada e parando bem em frente ao "Lar".

Eusébio pisou fundo no acelerador. A partir daí, a nossa volta até a casa da Cristina foi um verdadeiro atropelo de perguntas e respostas.

Cristina disse que ficara com medo de ser reconhecida pelo deputado, que era seu vizinho, e quando saiu do toalete viu que eu não estava mais na sala de espera. Resolveu que sairia de fino e ficaria de plantão ali na frente. Se eu demorasse a sair, chamaria a polícia.

Contei pra ela que tinha jogado verde com o deputado e tinha colhido maduro. Ele estava fazendo depósito na conta de um ministro suspeitíssimo!

Resolvi abrir mais o jogo e contei que o meu namorado estava envolvido também. Fora ele que entrara no "Lar" logo depois de mim. Era sobrinho do homem a quem o deputado tinha de fazer um depósito em cheque, no Banco Safus. Se esse homem era um ministro, meu namorado era sobrinho dele. Eu ouvira o suficiente: Carlos. E vira o suficiente também.

– Que chato, professora!

É. Meu namorado, um corrupto. Que nojo!

– Posso contar o que eu soube enquanto vocês duas estavam lá dentro? – O santo do Eusébio perguntou, com aquela sua voz pausada.

Ficamos mudas. Mais notícias.

– O menino do barzinho da esquina disse que este lugar é um lugar bom pra cachorro. É um canil.

Pronto. Era o que eu desconfiava. De abrigo pra criança abandonada, ele não tinha nada, não. Poderia ser Lar do Pastor-Alemão Irmã Lazinha.

Como iríamos fazer para achar a Márcia, se é que estava viva? Ela devia saber de muita coisa importante. O que eu faria com o Carlos, meu ex-namorado corrupto? Falar com o Roberto, da editora? Avisar a Regina, da escola? Me enfiar num buraco?

Cristina estava tremendo, coitada. Eu era mesmo uma louca. Expor uma aluna, uma adolescente, a uma encrenca dessas...

– Professora... Rose, te meti numa encrenca, né?

Rimos. Não era hora de saber quem tinha metido quem numa encrenca. Era hora de resolver.

– Gente, o livrinho preto! – gritei.

Eusébio brecou o carro, assustado com o meu grito.

– Que livrinho?

– Este! – Tirei o livro da bolsa.

– Abre logo! – os dois pediram.

Abri. TINHA ROUBADO A AGENDA DO DEPUTADO! Só precisávamos saber se ali tinha nomes que o comprometessem, cifras, entre outras coisas.

A caminho do condomínio da Cristina, Eusébio e eu achamos que ela estaria mais segura na casa de algum parente. Tínhamos sido filmadas na entrada do Lar. Seria melhor que ela nem fosse às aulas por alguns dias.

Foi um pouco difícil fazer com que ela concordasse, mas resolvemos que ela avisaria os pais e que daria uma folga para a Vanice e os outros empregados.

– E você, o que vai fazer, Rose?

– Vamos refrescar a cabeça pra pensar melhor. O telefone da portaria do meu prédio tá aqui. – Rabisquei num pedaço de papel pra ela. – Me dê o telefone de onde vai ficar.

– Vou passar em casa primeiro pra pegar algumas coisas...

– De jeito nenhum – eu e o Eusébio resolvemos. – Suma por uns dias. Quer desaparecer feito a Márcia?

– Tudo bem. Vou pra casa da minha tia. Tá aqui o telefone. Você promete que me liga assim que tiver alguma novidade?

Prometi.

Os dois me deixaram em casa.

Subi. Caí na minha cama e fiquei olhando aquela agenda. Quanto nome conhecido! Nossa, quanta entidade assistencial! Nome de três ministros, quinze deputados, seis governadores! Com quem eu iria falar se ali tinha até nome de delegado? Corri os olhos na letra C. Abri os olhos devagarinho. Ele era esperto. Seu telefone não estava lá. O Carlos não daria um ponto sem nó! Puxa, e ele ainda se fazia passar por coitado, reclamava da falta de dinheiro, do aluguel.

Eu me sentia no fundo de um poço. Rose, pra quem estava fazendo apenas uma leitura crítica de redações sobre a fome, o que tinha agora dentro do seu apartamento era uma bomba!

Namoro com o inimigo

Fiz uma janta simples e comi, até que ouvi a campainha. Estremeci.

– Rose! Eu, o Carlos. – Tentou abrir a porta girando a maçaneta.

Fingi de morta. Droga do Holerite! Por que tinha de miar justo agora?

Não abriria a porta para um corrupto, metido com falcatruas, cheques. Vai ver ele estava levando verba do deputado pra algumas entidades fantasmas e pro seu tio ministro. Ele não estava em Salvador num dia e num Lar de cachorros no outro?

Muda. Tapei a boca do Holerite e deixei que ele tocasse a campainha até cansar. E se fosse ele que tivesse dado o sumiço na Márcia? Tinha um recado com o nome dela na secretária! Era isso! Era ele que tinha dado o sumiço na empregada! Bandido! Corrupto! Sequestrador! Assassino?!... Deus, ele era um perigo!

Não pude dormir. Rolei na cama pensando no que ia fazer no dia seguinte. E a Cristina, como estaria?

Vi a sexta-feira amanhecer. O Holerite dormindo e eu ali, pensando. Ir até o colégio e falar com a Regina era uma opção. O que tinha naquele caderninho preto era uma verdadeira confissão de corrupção, tráfico de influências, valores, nomes que ainda não tinham sido envolvidos na CPI. Bem, eu tinha a obrigação de levar aquilo para alguém. Mas quem? Tevê? Teria de ser protegida. Um deputado que não estivesse incluído no esquema? E eu seria atendida logo? Um jornal? Pediria sigilo de identidade! Pediria socorro para a desaparecida. Um jornal que não fosse esse citado na agenda, porque esse, pelo que vi, era de propriedade do deputado.

Tomei um banho, café, preparei comida para o Holerite e desci, torcendo pra que o Carlos não me visse.

Quando estava entrando no elevador, ouvi a porta do seu apartamento sendo aberta. Meu Deus! Ele provavelmente viria atrás de mim. Desci com o coração disparado e, na rua, logo tomei um táxi.

No táxi, rumo ao jornal da cidade, parei para xerocar a agenda. Seria bom ter uma cópia comigo. Falaria do Carlos ou não? Acho que sim. Ele não estava na agenda, mas isso não queria dizer nada.

Não conhecia ninguém no jornal, mas em quinze minutos já estava sentada simplesmente na sala do diretor de redação.

– Bom, isso é apropriação indébita, professora. Mas que apropriação maravilhosa a senhora tem em mãos. Era o que a imprensa, o país estava procurando: mais nomes, mais envolvidos. Que bomba!

– Estou preocupada com a moça, a tal da Márcia – falei, entre um gole de água e outro.

– Vamos colocar algumas pessoas atrás. Já tínhamos uma pessoa que estava nos passando algumas informações... Mas agora temos um furo, sabia?

Eu sabia. Sabia também que meu namorado estava metido nisso e que a campanha da escola estaria comprometida. A própria escola estava comprometida. Foi aí que caí na real.

– Dr. Júlio, o senhor não acha que seria bom conversar com a vice-diretora da escola? Ela nem ao menos está sabendo do Lar do cachorro desamparado – brinquei. – Eles pensam que doaram para uma creche mesmo.

Ele concordou comigo. A escola não estava agindo de má-fé... Portanto, nada que saísse no jornal poderia levantar suspeitas sobre o meu colégio.

Ficamos a manhã toda na sala dele. Ele não permitiu nenhuma foto. Apenas deixou o gravador ligado e pediu que quatro jornalistas fossem anotando tudo. Eles apurariam o que eu dissera e checariam cada dado da agenda preta.

Fui convidada para almoçar com o Dr. Júlio e o Heitor, o chefe de redação. Expliquei pra eles do concurso de redações da Jovem Editora. Eles concordaram comigo que o Roberto teria de ser avisado das minhas descobertas... Minhas e da Cristina. Uma pessoa estava desaparecida e se não fosse rapidamente encontrada ainda pesaria sobre a cabeça do deputado a acusação de sequestro e talvez assassinato seguido de ocultação de cadáver.

Eu e minha boca. Acabei contando sobre o Carlos. Disse a verdade. Tive a promessa de que ele seria "checado" também. Passei pra eles o telefone da Cristina e contei da minha preocupação com a minha aluna. Afinal, ela era vizinha do "homem" e os pais estavam fora de casa.

Só às quatro da tarde acabei de contar a eles as minhas preocupações, e fui aconselhada, e praticamente persuadida, a ficar num *flat*.

– Você vai precisar de um segurança, professora. – O Dr. Júlio apontou o dedo pra mim.

– De novo? – resmunguei.

Pronto. Lá estava eu metida num *flat*, com um homem sorridente à porta, por medida de precaução.

Fiquei rodando feito uma barata tonta por umas três horas, até que uma moça simpática tocou a campainha e me entregou uma sacola.

– O Dr. Júlio mandou entregar pra senhora.

Ainda bem. Que delicadeza! Roupas, uma camisola, escova de dentes, pente, escova, roupa íntima, papel, caneta, um par de tênis. O que mais eu podia querer? Sossego, droga!

Sexta, onze da noite e ninguém me procurava, nenhum telefonema naquele *flat*.

Liguei a tevê. Nada.

Acabei dormindo. Sonhei que o Holerite tinha morrido de fome!

No *flat*

Acordei com a campainha.

Era o rapaz que me vigiava. Puxa, a criminosa não era eu!

– O café, professora.

Aceitei. Estava com fome.

Tomei um banho delicioso. Já que eu estava ali, que aproveitasse a mordomia de um chuveiro que não tinha só três pingos de água morna.

Me troquei, liguei a tevê e fiquei o dia todo sentada ali, naquele sofá, ora assistindo a tevê, ora lendo as revistas.

Trouxeram o almoço que pedi no quarto, idem no jantar. Fiquei tentada a abrir a geladeirinha e tomar um refrigerante, mas achei que seria muita liberdade de minha parte. Optei pela água.

Fiquei pensando no Carlos. Por que ele tinha se envolvido com o tio?

Resolvi ligar para a Cristina. Ela tinha sido procurada pelos jornalistas e tinha contado tudo o que sabia. A Vanice e o Eusébio mais os outros empregados da casa também tinham sido interrogados. Cristina já tinha telefonado para os pais, que estavam a caminho de São Paulo.

– Rose, você está bem?

Disse a ela que sim, mas que estava querendo sair do *flat*.

Esperava que, assim que aquela doidice toda acabasse, pudéssemos sair para tomar um sorvete.

Tive dor de cabeça. Pedi uma aspirina e dormi. Não tinha outro remédio!

Domingo. Meu amigo vigia estava ali na porta do quarto. Foi ele que me avisou que o Dr. Júlio estava subindo pra falar comigo.

Levei um susto! Não só o Dr. Júlio, mas também o Roberto, da Jovem, e a Regina, do colégio. O Dr. Júlio tinha contatado o Roberto e a Regina. Afinal, eram as únicas pessoas em quem eu poderia confiar. Achei bacana da parte dele. Eles queriam saber se eu estava bem. Contei pra eles da nossa ida até o "Lar", o que tínhamos presenciado. Subiu também um outro jornalista, da equipe de articulistas do jornal. Fez mais perguntas e disse que estavam "na boca" de pegar o deputado. Falei mais da nossa suspeita, do que a Cristina tinha me revelado. Os dois saíram logo, despedindo-se de mim com um longo abraço.

Senti que gostariam de conversar comigo com mais calma, depois do "barraco desarmado".

– Me telefona assim que a poeira assentar. – O Roberto passou a mão na minha cabeça. – Você pode precisar de ajuda e eu posso te ajudar, tá combinado?

– Rose, você quer ir pra minha casa? – A Regina me olhou com carinho.

Agradeci a ajuda do Roberto e da Regina. Era bom saber que tinha gente se preocupando comigo.

O Dr. Júlio me aconselhou a ficar por ali mesmo. Assim que eles saíram, o Dr. Júlio e o Heitor pediram um suco (estávamos praticamente sem o café da manhã).

– Estamos colocando gente para pegar a quadrilha, professora – o Dr. Júlio me tranquilizou.

– Porque essa é uma quadrilha mesmo – o Heitor finalizou, ficando em pé.

– Fica tranquila, professora. Assim que a gente pegar o homem, você vai estar mais sossegada. Temos outra pessoa que nos trouxe mais uma preciosa informação.

– É, assim que a senhora saiu, apareceu mais uma testemunha.

Que bom! Eu, a Cristina e o Eusébio não estávamos sozinhos nessa enrascada.

– Estamos por um fio – o Dr. Júlio finalizou.

Passei o dia inteiro andando de lá pra cá. Apesar de o *flat* ser supergostoso, eu preferia a tranquilidade do meu modesto apartamento, uma vez que lá não estaria me sentindo presa.

Eles estavam preocupados demais com a minha segurança. Talvez fosse por causa do Carlos. Lógico! Ele estava metido na encrenca, era meu vizinho e meu ex-namorado. E quem sabe tinha me visto entrando no "Lar"! Carlos, Carlos, o que você tinha feito?

Resolvi não ficar pensando muito. Estava com a cabeça fervendo.

Domingo, sem nada pra ver na tevê, consegui afinal sintonizar a tevê a cabo. Almocei em frente à tevê a cabo, jantei em frente à tevê a cabo.

Tomei um banho de banheira. Estava delicioso, mas poderia estar muitíssimo delicioso, se eu não estivesse com a cabeça tão cheia de preocupações.

Antes de deitar olhei o xérox da agenda do deputado. Coitado. Pelo pouco que podia entender, ele estava enrascado. Tinha até recibos de depósitos grampeados nas páginas!

E o Holerite? Como estaria? Tinha deixado o pacotinho de ração para gatos aberto ou fechado? Acho que aberto.

Dormi. Tive pesadelos, mas não me lembrei de nada.

Segunda. Liguei pra Regina, que me tranquilizou:

– Aguenta as pontas mais um pouco, Rose.

Liguei pro Roberto.

– Fica quietinha aí que a coisa na imprensa está esquentando!

Telefonei pra Cristina.

– Não, vou ficar hoje aqui. Meus pais acharam melhor. E você?

Eu estava bem. Fisicamente, claro.

Liguei pros meus pais. Não contei nada. Achei melhor esperar.

Nenhum telefonema do jornal.

Terça.

Pedi que trouxessem o café. Já que estava ali, aproveitei e comi melão, mamão, tomei suco de caju e até provei um pedaço da melancia.

Abri a porta para conversar um pouco com o meu amigo guarda. Já estava pensando em dar uma volta pelo *Flat Service*, quando ele me entregou os jornais do dia.

Levei o maior susto do mundo ao ler a manchete do jornal.

Deputado admite desvio de verbas

O deputado Moralisto Dalama admitiu que criou entidades assistenciais fantasmas. Ele foi surpreendido pelos jornalistas do *Folha do Dia* quando entrava no prédio onde funcionava a administração do Lar Comunitário Irmã Lazinha, com uma maleta de dólares falsos. O Lar, que funciona a poucos metros do prédio da administração, faz um trabalho com menores de rua. Nas últimas eleições, o deputado Dalama fez do Lar Comunitário Lazinha a sua principal plataforma política. Conseguiu reeleger-se manipulando o Lar para a sua campanha. Ultimamente, Dalama alegava estar envolvido com a doação de cestas básicas para os pobres e famintos. No último horário político de seu partido, Dalama apresentou vídeos e entrevistas com os menores de rua que moravam no Lar. No entanto, no prédio onde funciona a administração do Lar, além de o deputado manter um canil de pastores-alemães, instalou o seu "QG", onde atendia outros deputados, senadores, ministros, grandes empreiteiras envolvidos no mesmo esquema.

Este jornal obteve muitas das informações através da professora de História R., que preferiu não ser identificada, e de sua aluna C., que resolveram visitar o Lar. As duas tinham fortes suspeitas de que o Lar não era creche para crianças. Disfarçada de assistente social e fazendo-se passar por sobrinha do ministro Marco Fingers, para quem o deputado fazia depósitos semanais em torno de 25 mil dólares, a professora conseguiu apropriar-se da agenda do seu testa de ferro, Abnegado Barreiro, e escapar rapidamente dos seus pastores-alemães.

Em sua agenda foram encontrados nomes de senadores, deputados, governadores e de empreiteiras e prefeituras envolvidas no esquema de tráfico de influência. A CPI vai quebrar o sigilo da conta bancária do deputado Moralisto Dalama e de seu testa de ferro, o advogado Abnegado Barreiro. Págs. 2 a 4.

Eu não acreditava no que tinha lido.

Abri na página dois e dei de cara com a foto de uma pessoa que tampava o rosto com as mãos numa tentativa inútil de se esconder. Achei que era a pessoa com quem eu tinha falado.

MAS NÃO ERA AQUELE HOMEM! EU TINHA CONVERSADO COM OUTRO!

Socorro, que confusão! Nós tínhamos ido atrás do deputado, eu conversara com ele, só que não era ele. Em que momento ele tinha confirmado que era o deputado? Em nenhum!

Logo abaixo, uma outra foto. ERA AQUELE! Nossa, eu tinha falado com o testa de ferro do deputado achando que era o deputado. Que confusão!

O que li em seguida foram três páginas de escândalos sobre escândalos. E o que mais me surpreendeu: tudo tinha acontecido quase por acaso. Por influência de Abnegado Barreiro, que também tinha filhos matriculados no colégio, a campanha da escola contra a fome tinha escolhido o Lar Comunitário Irmã Lazinha, que existia realmente e que era mantido pelo deputado... só que não ali onde tínhamos ido parar. No jornal aparecia a fachada e o endereço do Lar, que ficava a poucos passos da administração. A Vanice tinha dado à Cristina o endereço errado – por sorte! O lugar que visitáramos era a administração, "impura e simplesmente", um local onde o deputado e seu testa de ferro faziam as suas negociatas. Tínhamos, portanto, ido parar no lugar errado-certo.

Quanto à aluna e à professora, o jornal garantia que, por medida de precaução, elas estavam em local seguro. A matéria continuava, dizendo que tudo começara com um concurso de redações sobre a fome, da Jovem Editora, paralelo a uma campanha contra a fome. Uma redação chamou a atenção da professora R. A redação continha fatos importantes, o que levou a professora a conversar com a aluna C. e a averiguar a veracidade dos fatos narrados. Fazia mais referências ainda à coragem da aluna, do motorista prestativo e da professora "perigosa" para parlamentares corruptos.

Fui arregalando os olhos à medida que iniciei um outro trecho da matéria.

> A empregada doméstica M., que trabalhava para o deputado, telefonou a um ex-patrão, contando as coisas estranhas que estavam se passando ultimamente na casa do deputado. Preocupado com a integridade física da moça, o professor de Psicologia C., que também preferiu não ser identificado, começou a visitar as crianças da creche visando finalizar sua pesquisa de pós-graduação em Psicologia da Infância. Não só conseguiu visitar o Lar por diversas vezes como também entrar no prédio onde funcionava a administração de Dalama. Procurando este jornal, passou outras informações, como a ligação do deputado com o narcotráfico, as idas e vindas de pastas contendo dólares, trazidas por Carlos Fingers, sobrinho do ministro, até a administração do Lar. O professor, após o último telefonema da empregada, que, desesperada, contou ter apanhado do deputado, conseguiu tirar a moça da mansão e levá-la para um local seguro.

Não! O Carlos!

Mordi os lábios. Suspirei fundo, cheia de remorsos, e continuei saltando os olhos de notícia em notícia.

Logo abaixo, num quadrado, estava a relação da fortuna do deputado.

> **Dalama possui tevê, oito rádios e um jornal**
>
> O deputado Moralisto Dalama será convocado pela CPI do Orçamento. Dalama é dono de uma das maiores fortunas do sul do país.
>
> Filho de um sitiante, Dalama conseguiu juntar, em apenas oito anos, um patrimônio que também inclui o maior canil da América Latina, cinco faculdades, fazendas, agências de turismo, imóveis urbanos, um canal de tevê, oito emissoras de rádio e um jornal. Dono de uma banca de jogo de bicho na Zona Sul da capital, também está envolvido com o tráfico de drogas. Dalama também terá de explicar como foi encontrada em seu

poder e de seu testa de ferro, Abnegado Barreiro, uma grande quantidade de dólares falsos.

Testa de ferro de Dalama, o advogado Abnegado Barreiro vai ser indiciado

O advogado Abnegado Barreiro, 49, natural de Pedregalha, RJ, disse não saber a origem dos dólares falsos encontrados em seu escritório. Numa das salas da administração, foram encontrados 800 mil dólares em notas falsas. Barreiro é tido como o testa de ferro de Dalama. Estão em seu nome muitas das propriedades do deputado. A ex-mulher do advogado – Marildete Joana Pires – diz que sempre achou estranho o fato de o ex-marido, pessoa de origem humilde, ter enriquecido de uma hora para outra. (Veja entrevista logo abaixo.)

Não consegui ler mais nada, muito menos a relação de empreiteiras supostamente envolvidas. A foto do Lar estava num lado, a da administração (com cachorros e tudo), no outro. A foto do deputado estava ali. Nunca tinha visto o cidadão na minha frente. Agora, o outro, sim! Era ele o testa de ferro, aquele com quem eu conversara, de quem roubara a agenda e fugira! Conversara com ele achando que era o deputado, que boba!

Eu estava embaralhada. Deus do céu, eu tinha feito tudo de novo! Tinha desconfiado do meu namorado! E agora? Só podia ser síndrome de "Agatha Christie" essa mania que eu tinha de perseguir o Carlos. Rose, como é que você ia se virar agora?

Bom, eu ia começar com um telefonema. Ia ligar para a redação do jornal para falar com o Dr. Júlio, ia pedir que me liberassem da guarda. Precisava ligar para o Carlos, falar com ele. Eu estava completamente atordoada!

Desenrolando a confusão

Telefones ocupados. O do Carlos também. Quando pensei em ligar para o Roberto, a campainha tocou.

Fui olhar. ERA O PRÓPRIO!

– Pra senhora, dona Rose – meu amigo vigia apontou.

– Rose, como é que você está?

Mostrei pra ele o sofá. Sentamos.

Ele já tinha lido as notícias.

– Acho que você contratou uma crítica meio louca. Da leitura das redações eu fui parar num falso Lar...

Ele deu risada.

– Bom, espero que tenha paciência comigo, Roberto. Meio caminho já está andado. Já separei redações e provavelmente me meti numa CPI... É, porque eu não escapo de um cara a cara com o deputado!

– Paciência, Rose. Pelo menos serviu pra desmascarar muita gente! Sabe, acho que essa sua conversa com o Dr. Júlio foi ótima. Pelo menos mais uns quinze corruptos vão cair. Graças a você!

– É...! – Falei sem muita animação.

A campainha de novo.

Era o Dr. Júlio e um fotógrafo.

Fiz sinal de que não queria fotos.

– Tudo bem, Manoel – disse o Dr. Júlio para o fotógrafo. – Depois a gente resolve.

Eu, o Roberto e o Dr. Júlio começamos a conversar sobre o que viria por aí.

– Você vai ter que ter um pouquinho de paciência, Rose. Tem muita gente querendo falar com você. A Cristina, por exemplo.

Dei um salto do sofá.

– Ela está aí fora. Os pais ficaram lá embaixo. Ela queria ver você.

Fui correndo abrir a porta.

Ela pulou no meu pescoço e, finalmente, pudemos nos abraçar e rir. É. Tivemos um acesso de riso. Um riso meio nervoso, sei lá.

– Esse é o Roberto, da Jovem Editora. Essa é a minha aluna Cristina.

– O que ele está fazendo aqui? – ela estranhou. – Ele não é do nosso concurso de redações?

Bom, precisei contar para a minha companheira de investigações que era eu a leitora crítica das redações.

– Hum, por isso que leu o que eu escrevi com mais atenção, né, professora? – Ela piscou o olho.

– A identidade da leitora crítica tem às vezes de ser preservada – disse Roberto, que pegou o finalzinho da nossa conversa –, principalmente no caso de ela ser a professora de um dos colégios no concurso, Cristina.

– Até que ter errado o endereço do Lar teve lá a sua vantagem, né, Rose?

– Se não fosse o engano da Vanice, a gente não teria descoberto nada, Cristina.

Enquanto o Dr. Júlio mandava subir um café, o interfone tocou.

Me distraí com o Roberto e a Cristina, que falavam sem parar.

A campainha tocou no momento em que eu mostrava o xérox da agenda preta para o Roberto.

Ih, provavelmente os pais da Cristina!

Eu estava de costas e pude ouvir a voz do pai da minha aluna.

– Professora!

Pronto. Ia ouvir um sermão da montanha! Talvez até merecesse. Tinha envolvido a filha deles numa confusão danada.

Virei para enfrentar os pais da minha aluna.

– CARLOS!

Parecia que eu estava vendo um fantasma.

– Nossa, que olho arregalado!

E não era pra estar? Meus olhos estavam arregalados e meu cabelo estava em pé.

Não prestei mais atenção aos meus amigos que estavam ali. Enquanto o Carlos me abraçava, tudo o que eu pude sentir era que meus braços estavam literalmente grudados no seu pescoço e que eu estava cheia de remorso por ter desconfiado dele novamente.

Fiquei de olhos fechados um tempão. Minto. Deu pra ver que a Regina, da escola, também tinha entrado no *flat* fazendo um sinal de positivo pra mim.

Preferi continuar daquele jeito. Estava tão bom!

– Tá tudo bem com você? – ele perguntou sem me soltar.

– Está.

– Ih, agora vai querer chorar, é?

Eu estava tremendo. Puxa, você desconfia que o seu namorado é um corrupto, faz um castelo de suspeitas, sente nojo dele, raiva, descobre que gosta dele mesmo assim e depois descobre que se enganou ao suspeitar dele. E ele está ali, te abraçando, perguntando se está tudo bem com você!

– Rose, por acaso você achou que eu fosse...

– Gente, meus pais estão me esperando lá embaixo. – Cristina falou antes de se despedir da gente. – Esse é que é o Carlos, professora? Hum, você é o famoso namorado da Rose!

Salva pelo gongo. Por alguns minutos, pelo menos.

O café chegou. Enquanto a Regina, o Roberto, o Dr. Júlio e o Carlos se serviam, vi que o Carlos conversava com a maior naturalidade com o Dr. Júlio. Claro! Ele tinha ido ao jornal! Afinal, não era ele o tal professor de Psicologia com inicial C.?

Fiquei pensando no que ia fazer. É claro que ia acabar ficando a sós com o Carlos. Teria que contar que o vira na calçada do pseudolar... Nossa, como é que ele me achara aqui? Burra, o Dr. Júlio devia ter contado!

A minha cabeça rodava. Daqui pra frente ia rolar muito papo com a Regina, com o pessoal da escola, enfim. Eles estavam fazendo uma campanha tão legal! E os pais da Cristina? Falaria com eles. Também iria visitar meus amigos Vanice e Eusébio. Entre "mortos e feridos", tinha arrumado amigos. Entre "mortos e esfomeados", eu tinha algumas coisas a fazer sem ser só o concurso e a campanha. Não era só abrir a minha despensa e tirar uma lata de leite em pó. Junto com os alunos mais engajados, poderíamos tomar algumas atitudes mais concretas. Puxa, amanhã seria dia de aula e muito fuzuê! Eu ainda tinha a imprensa pela frente, mais perguntas, mais esclarecimentos, ficar cara a cara com o deputado, já pensou?

Brevemente teria notícias dele, do seu testa de ferro, do ministro e dos outros envolvidos – se iriam para a cadeia ou passear em Nova Iorque. Não pude evitar o riso quando vi em outro jornal que a Regina tinha trazido a charge de dois professores que alguém tinha desenhado – parecia até o Carlos e eu, com um gato branco ao lado. Tamanha coincidência, um gato branco. Era a cara do Holerite!

Suspirei aliviada.

– Não podia imaginar que o pai da nossa aluna, aquele que indicou o Lar Comunitário Irmã Lazinha para a campanha contra a fome, fosse o testa de ferro do Dalama! – Regina balançou a cabeça. – Os dois têm filhos matriculados no colégio. Os dois são sócios, estavam mancomunados! Eu não posso acreditar!

– Nem eu! Se eu tivesse assistido à missa, saberia! Quando entrei naquele escritório, como não conhecia nenhum dos dois, falei com o testa de ferro crente que estava falando com o deputado.

– Quer dizer que você tentou tirar dinheiro de um achando que era o outro? – Perguntou Carlos.

– É. – Sorri meio sem graça.

– Bom, que eu ainda aproveitei tudo isso para a minha pós-graduação, aproveitei! – Carlos abriu, sem nenhuma cerimônia, a geladeirinha da sala.

Pegou uma lata de refrigerante e continuou:

– Apesar de tudo, a creche funciona. Não acho que ela deva ser desativada. Pode ser municipalizada, isso sim. Ali há pelo menos cinco crianças com problemas seríssimos e eu pretendo continuar a visitar essas crianças e adolescentes.

Eu estava entre perplexa e incrédula ainda.

O Carlos ia defender uma tese!

– A Márcia está bem? – o Dr. Júlio perguntou.

– Continua bem segura lá no meu apartamento.

– A sua descoberta sobre os dólares falsos valeu, Carlos.

– Aprendi a reconhecer um de longe, lá com os meus alunos da faculdade. – Ele riu, sem preocupação nenhuma.

– Vocês são meus convidados para o almoço – o Dr. Júlio ficou em pé, interrompendo os meus pensamentos.

– Espero que não seja *pizza*! – Eu e o Carlos falamos ao mesmo tempo.

– Acho que nós até podemos ter *pizza*, Rosemeire... Eles é que não!

Pedimos alguns minutos a sós, antes de descer com a Regina, o Dr. Júlio e o Roberto.

– Claro! – O Roberto deu risada. – A gente espera vocês lá no saguão.

Carlos fechou a porta.

Achei melhor contar tudo, a começar pelo concurso.

– Você esta organizando um concurso de redações?

– Hum-hum. O Roberto, que estava aqui, é o editor da Jovem. Vem cá... – pedi.

Puxei o Carlos para o sofá.

Bem, pelo menos tentei começar.

– Depois – ele falou, enquanto tirava os meus óculos e soltava o meu cabelo.

– Você chegou a ir pra Salvador, pelo menos?

Não tive resposta. Teríamos muito tempo pra conversar depois que a gente fosse para o meu apartamento.

Começamos então esse outro capítulo da nossa história com um beijo.

Quanto durou? Não sei... Acho que ainda não acab...

A Autora

Arquivo pessoal

Quando pequena, nunca pensei que seria escritora. Lá em Marília, SP, onde eu ia crescendo e pintando o sete, pensava em ser professora, pintora, artista... mas não escritora. Fui aluna de intercâmbio nos Estados Unidos, cursei a Faculdade de Letras em Marília, lecionei Inglês na rede estadual de ensino em Campinas, SP. Achava que era isso mesmo que eu queria: dar aulas de Inglês para crianças e jovens.

Em casa, fazia o que muitos pais curtem fazer: lia histórias para os meus três filhos à noite. De ler, passei a inventar algumas também. Às vezes, as crianças pediam que eu repetisse a história da noite anterior... E foi aí que tudo começou. Com medo de esquecer, passei então a anotar as histórias inventadas, passando a limpo sempre que podia – nunca tive uma letra muito bonita! Quando vi, tinha enchido uns dois cadernos bem grossos. Depois de três anos, em 1987, publiquei o primeiro livro e não parei mais.

Em 1989, recebi da Associação Paulista de Críticos de Arte (APCA) o título de melhor autora, com o livro infantil *Mago Bitu Fadolento*, publicado pela Edições Loyola.

Bem, acabei deixando as aulas de Inglês para escrever livros para crianças e jovens e também dicionários bilíngues e livros didáticos em Inglês e Espanhol. Pois é: quem disse que eu precisava deixar o Inglês totalmente?

Eu me tornei escritora, e escritor é assim: carrega pra dentro da história todos os seus sonhos, o que gostaria de fazer, como gostaria que fosse o mundo... Se não consegue, pelo menos faz todo mundo sonhar junto. E, quando a gente sonha junto, tanta coisa boa pode acontecer, não é mesmo?

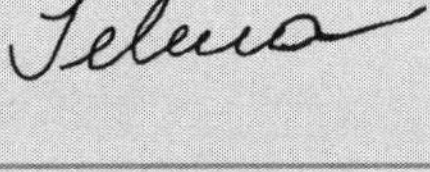

Entrevista

Em *Redações perigosas II, a fome*, Rosemeire embarca em sua segunda aventura ajudando a resolver crimes, desta vez com a ajuda da aluna Cristina, autora da redação que desencadeia as investigações. Agora, você vai saber mais sobre a autora dessa história, Telma Guimarães Castro Andrade, e sobre como ela a escreveu.

REDAÇÕES PERIGOSAS II, A FOME NÃO É A PRIMEIRA AVENTURA DE ROSEMEIRE. COMO VOCÊ ACHA QUE ESSA PERSONAGEM EVOLUIU DESDE O PRIMEIRO LIVRO?

• Penso que Rosemeire continua empolgada pelos alunos. Reclama da profissão, tão mal remunerada, mas sempre segue em frente, esperançosa e feliz.

NESTA HISTÓRIA, ROSEMEIRE GANHA UMA PARCEIRA EM SUAS INVESTIGAÇÕES. VOCÊ SE INSPIROU EM ALGUMA PERSONAGEM REAL OU FICTÍCIA PARA CRIAR CRISTINA?

• Sim. Como amo as histórias de Conan Doyle, com seus detetives Sherlock Holmes e Dr. Watson, decidi arrumar uma parceira para Rosemeire.

APESAR DE O TEMA DO LIVRO SER A FOME, VOCÊ TAMBÉM TRABALHA O PROBLEMA DA CORRUPÇÃO. COMO SURGIU A IDEIA DE RELACIONAR ESSES DOIS ASSUNTOS?

• Enquanto escrevia a história, tivemos no Brasil uma grande campanha contra a fome, da qual Betinho, sociólogo e grande ativista dos direitos humanos, foi o principal articulador. Paralelo a isso, tivemos um grande desvio de verbas da União, esquema do qual participou um grupo de deputados que ficou conhecido como os "sete anões". Um deles era de Campinas. Juntei as duas coisas numa só, aproveitando as redações dos alunos para reclamar das coisas erradas que estavam acontecendo em Campinas e no país.

ROSEMEIRE E SEUS ALUNOS REFLETEM SOBRE DIFERENTES TIPOS DE FOME. EM SUA OPINIÃO, O QUE FALTA PARA QUE O BRASIL POSSA ELIMINAR A FOME DEFINITIVAMENTE?

• Nós desperdiçamos muito alimento. Desperdiçamos na colheita, na produção, no transporte, no armazenamento, não sabemos aproveitar as sobras. Temos uma enorme variedade de frutas e legumes, uma extensão marítima de fazer inveja... E muitos passam fome no país! Faltam empregos, cursos gratuitos de formação profissional; precisamos erradicar o trabalho infantil. O Brasil é grande e muito se deve fazer. Parte de nossos impostos, por exemplo, é utilizada com esse fim? Quis, com esse texto, dar uma sacudida no leitor, tentar fazê-lo abraçar essa causa, sentir-se estimulado a pensar e agir.

COM BASE NO DIÁLOGO COM OS JOVENS LEITORES DE SUA OBRA, VOCÊ ACHA QUE OS ADOLESCENTES DE HOJE ESTÃO ENGAJADOS EM POLÍTICA E NA LUTA CONTRA A FOME?

• A maioria dos jovens está mais preocupada em acessar redes sociais, o que é uma pena. Elas também podem servir para um engajamento maior, com mais consistência. Fica aí um convite!

OS ALUNOS DE ROSEMEIRE FICAM ENTUSIASMADOS COM A POSSIBILIDADE DE TER SUAS REDAÇÕES PUBLICADAS. O QUE SENTIU QUANDO SEU PRIMEIRO LIVRO FOI PUBLICADO?

• A primeira publicação é sempre um grande acontecimento na vida de um autor. Nunca vou esquecer a fila de amigos, meus três filhos e

ENTRE LINHAS MISTÉRIO

Redações perigosas II, a fome

Telma Guimarães Castro Andrade

Suplemento de leitura

Neste livro, a professora de História Rosemeire, Rose, conhecida dos leitores por *Redações perigosas*, está às voltas com sua primeira experiência em uma escola particular, com um concurso de redação sobre a fome e uma campanha de arrecadação de alimentos. Ao ler o texto escrito por Cristina, uma de suas alunas, Rose descobre indícios de um esquema de desvio dos produtos arrecadados na escola, comandado por um deputado. Confirmadas as suspeitas, Rose e Cristina decidem investigar e vivem sustos, perigos e confusões: quem mais ajudaria nesse golpe? O que Carlos, o namorado de Rose, que fora visto entrando na casa que servia de fachada ao esquema do deputado, estaria fazendo lá? Rose e Cristina estariam em perigo? Com a ajuda de alguns amigos e de jornalistas que também investigam o esquema, as duas irão até o fim para desmascarar os criminosos.

Por dentro do texto

Personagens e enredo

1. *Redações perigosas II, a fome*, é narrado em primeira pessoa. Releia o trecho abaixo:

Fiquei com vontade de pegar toda aquela papelada do armário – provas, exercícios extras, trabalhos individuais e em grupo –, juntar com a minha papelada mais que inútil e levar ao alto de um desses prédios da avenida Paulista, onde ficam os bancos, os investidores da bolsa de valores e as financeiras, picar tudo e jogar pelas janelas no dia 31 de dezembro. Seria o máximo! Puxa! Plena festa de despedida de ano, tomando aquele guaraná quente e comendo um bolo de fubá numa confraternização de professores, e eu ali pensando bobagem. Depois da festa iria pra casa, descansaria e pronto. (p. 11)

a) Comente o estado de ânimo de Rose e dê sua opinião sobre as razões pelas quais ela faz essas observações.

b) Em sua opinião, que efeito provoca no leitor o fato de a história ser narrada em primeira pessoa? Justifique.

2. Na história lida, encontramos protagonistas – aqueles que desempenham papel principal na narrativa e em torno dos quais a trama é construída – e antagonistas – personagens com quem

os protagonistas se defrontam. Quem são os protagonistas e os antagonistas nas histórias lidas?

3. No primeiro capítulo do livro, Rose fala ao telefone com a produtora do programa *Léo, Onze em Ponto*, que quer convidá-la para ser entrevistada. Releia parte desse diálogo:

– É a professora Rosemeire, aquela das Redações perigosas*? Nossa, levei o maior susto. Eles já tinham até dado um título para o meu "caso".*

– Sim, é ela. Como vocês descobriram esse telefone? (p. 13)

A que a produtora se refere quando diz "aquela, das *Redações perigosas*"?

4. Ao longo da narrativa, encontramos comentários a respeito da educação pública e das condições de trabalho dos professores no Brasil. Qual é a sua opinião sobre essa questão?

5. Muitas mudanças acontecem na vida de Rose a partir do momento em que é entrevistada em um programa de televisão para falar a respeito de situações vividas por ela e por alguns alunos. Comente a entrevista dada por Rose e a importância dos meios de comunicação, como a televisão, e de suas possibilidades de provocar mudanças.

6. Releia o comentário feito por Rose:

Eu me sentia no fundo de um poço. Rose, pra quem estava fazendo apenas uma leitura crítica de redações sobre a fome, o que tinha agora dentro do seu apartamento era uma bomba! (p. 89)

a) A que situação esse trecho se refere?

b) Dê sua opinião sobre as atitudes tomadas por Rose após as descobertas feitas na leitura da redação de Cristina.

7. Releia o bilhete de Carlos para Rose:

Rose, ainda fico fora por uns dias. Deixo a chave do apartamento para lhe pedir um favor: dá pra você molhar as violetas pra mim? O pacote de ração do Holerite está em cima da mesa da sala. Saudades. Um beijo grande, Carlos. (p. 22)

O gato de Rose e Carlos se chama Holerite. Por que ele pode ter recebido esse nome?

8. Releia o trecho com informações sobre a fome em nosso país. Depois, faça uma pesquisa e veja se houve mudança nos números ali apontados. Você poderá consultar vários tipos de fonte: jornais, revistas, *sites*, livros, entrevistas etc.

De acordo com os números apresentados em relatório da FAO (Organização das Nações Unidas para a Agricultura e Alimen-

tação), em pesquisa realizada entre 2005 e 2007, na média, o brasileiro tem um déficit de consumo de 220 calorias por dia. Além disso, passam fome no país cerca de 11 milhões de pessoas, ou seja, 6% da população, estimada em 190 milhões de acordo com o censo de 2010. (p. 36)

Tempo e espaço

9. A história de Rose acontece nos tempos atuais. Destaque algumas referências e comentários que confirmem isso.

Linguagem

10. As redações feitas pelos alunos de Rose revelam diferentes estilos e pontos de vista.

a) Releia as redações "Fome na escola" (p. 46), "Alunos sem merenda" (p. 46 e 47) e "Faltei no dia da fome" (p. 49) e comente as visões a respeito do tema da fome nelas contidas.

b) Aponte o que chamou sua atenção em relação ao uso da linguagem na redação "Roubar para comer" (p. 51).

11. Você conhece poesia concreta? A expressão "poesia concreta" ou "concretismo" se refere a um movimento iniciado nos anos 1950 por três poetas: Décio Pignatari e os irmãos Augusto de Campos e Haroldo de Campos. O concretismo propôs uma nova forma de trabalhar a linguagem poética, que abolia os versos tradicionais a favor da exploração da palavra como objeto ótico-sonoro para provocar e gerar ideias e significados. De acordo com Alfredo Bosi em *História concisa da literatura brasileira*, no concretismo o poema é tratado como "objeto de linguagem". Veja um exemplo com o poema "Terra", de Décio Pignatari, escrito em 1956:

r a   t e r r a   t e r
r a t   e r r a   t e r
r a t e   r r a   t e r
r a t e r   r a   t e r
r a t e r r   a   t e r
r a t e r r a   t e r r
a r a t e r r a   t e r
r a r a t e r r a   t e
r r a r a t e r r a   t
e r r a r a t e r r a
t e r r a r a t e r r a

a) Em grupo, organize uma discussão sobre o poema considerando as características da poesia concreta destacadas no enunciado.

b) Em *Redações perigosas II, a fome*, encontramos referências à poesia concreta. Releia as redações a seguir dos alunos Frederico e Luiza (p. 51-52) e converse com seus colegas sobre as características relacionadas à poesia concreta.

Fome

F O M E
0% 0% 0% $
M 0% R T
E $ T A

meu marido ali, esperando pelo autógrafo, durante o lançamento de meu primeiro livro. Pensei: "É isso que vou fazer pelo resto da minha vida!". Nós não sabemos se os leitores vão curtir. Há sempre uma cobrança nossa: "Será que está tudo certo? Eu gostei, mas e o público?". Enfim, uma insegurança. Mas entre a cobrança e a expectativa da publicação, é preferível a expectativa do novo. Aconselho os leitores que escrevam diários, guardem bilhetes, façam suas anotações. Esse registro permite que você tome uma posição perante a vida, não só registrando o cotidiano, mas emitindo sua opinião, reclamando, criticando. Também foi assim que comecei!